Sonya
ソーニャ文庫

氷の略奪者

沢城利穂

イースト・プレス

contents

＊序章　散りゆく花＊

この日の為に誂《あつら》えたクリーム色のドレスが、まるで悲鳴をあげるように引き裂かれる音を、十八歳のヴィクトリアは信じられない思いで聞いた。

そして会うのをとても楽しみにしていた婚約者を、震えて凝視《みつ》めることしかできない。

物心ついた時から決められていた将来の夫となる男性《ひと》を何度も想像していたが、その彼は破いたドレスを手にし、口許を歪《ゆが》めてニヤリと嗤《わら》っている。

二年前に負傷したという左目の傷ではなく、トパーズにも似た金色の瞳が残忍な色をたたえているのが、ただただ恐ろしかった。

「俺が恐いか？」

「い、いいえ……私はリキャルド様の婚約者として育てられてきました。ですから恐いなどと思いません」

「フン、震えた声でよく言う。だが気に入った、今日からおまえを俺の女にしてやる」

「きゃあっ！」

母からなにがあっても抵抗してはいけないと言い含められていたが、逞《たくま》しくも大きな身体がのしかかってきた瞬間、思わず悲鳴をあげてしまった。

しかしリキャルドはその悲鳴を鼻で嗤い、雪のように白い乳房を揉《も》みしだいては、ドレスの裾《すそ》を捲《めく》り上げて清楚《せいそ》な下着を引きちぎり、ガーターベルトだけの淫《みだ》らな格好にする。

「貧乏だとはいえ子爵の娘だけあって、淡く可憐《かれん》な花の色だ。まだ男を咥《くわ》え込んだことはないようだな」

「な、なにを……」

まるで検分《けんぶん》するように秘所を指先で開かれ、あまりの驚きにヴィクトリアは脚を閉じ合わせようとした。

しかしリキャルドに脚を大きく広げられてしまい、いいように弄《いじ》られる。

「あぁ、いやっ……」

奇妙な感覚が湧き上がってくるのが恐ろしくて逃げようとしたが、下肢をがっちりと固定されてしまい、動くことは叶わなかった。

その間もリキャルドは愉《たの》しげな表情で、戸惑うヴィクトリアを凝視めながら指を動かし、秘所を擦り上げてくる。

自分でも触れたことのない秘所を暴かれたショックで、ヴィクトリアはただただ目を閉じていることしかできなかった。

しかし目を閉じていてもリキャルドは乾いた秘所を遠慮もなく弄る。

「い、いやっ……」

「初めてのくせにもう快楽を感じているとはな。子爵の娘も所詮娼婦と変わらない」

「あぁ、そんな……」

貧しいとはいえ子爵家に生まれ、リキャルドの婚約者となる為に清いままでいたというのに、まさかそんなふうに言われるなんて。

それに快感ではなく苦痛を感じているのに、ヴィクトリアが声を洩《も》らしただけで、感じていると勘違いされるとは思ってもみなかった。

しかしリキャルドの貞淑《ていしゅく》な妻になるよう育てられてきたヴィクトリアに、口答えができる筈《はず》もない。

あまりの悲しさにヴィクトリアはアメジストにも似た瞳を潤《うる》ませた。

ほんの数十分前まではベルセリウス公爵とその夫人、それに将来の義弟になるマティアスに温かく迎え入れられ、自分の両親と談笑をしていた筈なのに、どうしてベッドの上にいるのだろう？

もちろん意識を失くしていた訳ではないので、それからのことも覚えているが――。

リキャルドに引き合わされてすぐに二人きりで話したいと言われ、ドキドキしながらもゲストルームへ連れてこられた途端《とたん》にベッドへ突き飛ばされ、怯《おび》えているうちにドレスを破かれて、こんな事態になるとは。

しかもヴィクトリアでさえ見たことがない秘所をいきなり暴かれるなんて。

リキャルドがどんな男性かとても楽しみにしていただけに、いきなり襲いかかられたショックが大きくて、悲しさと恐ろしさ、そして未知の行為に対する不安が入り混じり、ヴィクトリアの心は今にも引き裂かれそうだった。

「あう……あ、ぁっ……」

「狭いな、そこはさすがに純潔という訳か」

「あぁ、いや……いっ……」

長い指がなんの躊躇《ちゅうちょ》もなく体内に潜り込んできた衝撃に耐えきれず、ヴィクトリアはいやいやと首を横に振った。

しかしリキャルドはそんなヴィクトリアなど気にもしないで、隘路《あいろ》を広げるように指を抜き挿しする。

「俺と結婚したいのだろう。ならばいやがるな」

「は、は……い……」

苦しさを堪えながらも素直に返事をして肩で息をしていると、リキャルドはさらに指を烈《はげ》しく動かした。

それからしばらくしてヴィクトリアがなんとか指を二本のみ込めるようになった頃、指を乱暴に引き抜かれる。

「そのうちにこれが好きで好きで堪《たま》らなくなるようにしてやる」

「……っ…」

ホッとしたのも束の間、まるで凶器のような淫刀を見せつけられて、ヴィクトリアは慄《おのの》きながらも息をのんだ。

そしてリキャルドが覆い被さってきた瞬間、とうとう耐えきれずにずり上がって逃げようとしたが、すぐに脚を掴まれて肩に担《かつ》がれてしまった。

「い、いや……いやぁ……！」

「どんなにいやがろうが、もうおまえは俺のものだ。おとなしく……俺のものになれ」

「あっ……っ……あぁ、あっ……ぁ……っ……」

反《そ》り返った熱い楔《くさび》が一気に押し入ってきた時の痛みに、ヴィクトリアは目を見開いた。

自分の中で違う脈動を感じるだけでも恐ろしく、息をするのすら慎重になっていたが、すぐに容赦《ようしゃ》なくずくずくと突き上げられる。

「いや、いやぁ……あ、あぁ……いやぁ……！」

「フフ、いい具合だ……どんなに泣こうがやめないぞ。好きに扱っていいと言ったのはおまえの両親だからな、恨むなら両親を恨め」

嗤いながら言われたが両親を恨むことなどできる筈もなく、ヴィクトリアは破瓜《はか》の痛みにアメジストの瞳から涙を零《こぼ》した。

夢にまで見た将来の夫が、こんなに乱暴な男性だったなんて、きっと両親も知らなかったに違いない。

結婚をしたら捧げるものだと思っていたのに、会っていきなり純潔を奪われると思ってもいなかった。

破瓜は痛いものだと教わっていたが、こんなにもつらく苦しいものだったとは。

「いやぁ……助けて……助けて、誰か……！」

「ハッ！　叫びたければ思いきり叫べばいい。だが誰も助けになど来ないがな」

「うう……いや、いやぁ……！」

ヴィクトリアの悲痛な叫びが、部屋の中に虚しくこだまする。

しかしリキャルドが言うとおり、一方的に快楽を貪《むさぼ》ったリキャルドがヴィクトリアの中で遂げる時が来ても誰かが駆けつけることはなかった。

「俺から婚約が成立したことを伝えてやろう。どうだ、嬉しいか？」

衣服を整えたリキャルドがニヤリと嗤いながら、ヴィクトリアのプラチナブロンドの長い髪を掬《すく》い上げる。

しかし破瓜の痛みと純潔をいきなり奪われたショックで、ヴィクトリアはただ半裸の身体を投げ出して呆然とすることしかできなかった。

「嬉しいかと訊いている」

「あぅっ……は、はぃ……嬉しい、です……」

髪を思いきり引っぱられてその痛みに反射的に返事をすると、リキャルドは満足したようにヴィクトリアをベッドへ突き飛ばしてゲストルームから出ていった。

取り残されたヴィクトリアは、しばらくベッドから起き上がることもできずに天井を眺めていたのだが、天井のレリーフが次第に滲んで見えてきて——。

(リキャルド様は私のことが嫌いなのかしら……?)

会えたらもっと優しく迎え入れてくれると思っていたのに、物心ついた時から恋をしていた将来の夫に、会えたその日にいきなり乱暴に扱われるなんて、なんだか心にぽっかりと大きな穴が空いたような気分だった。

(これからも同じように扱われるのかしら?)

そう思うと身体が自然と震え上がってしまい、自らの身体をギュッと抱きしめたが、震えはなかなか治まらなかった。

ふと見下ろせば、無残に破かれたドレスがまるで今の自分を表しているように見える。

そしてとても惨《みじ》めな気持ちになり、ヴィクトリアは静かに涙を零した。

＊第一章　踏みにじられる雪＊

今にも雪が降りそうな鈍色《にびいろ》の低い雲、そしてオーグレーン王国特有の北海と雪山から下りてくる冷たい風が、身を切るように吹きすさぶその日。

ベルセリウス公爵家では、家長であったベルセリウス公爵とその夫人、両名の葬儀に参列してくれた人々へ僅《わず》かばかりのもてなしをしていた。

「まさかお二人して事故でお亡くなりになるなんて、なんと言っていいのか……」

「気を落とさないで、なにかあったらいつでも相談に来るといい」

「どうもありがとうございます」

故ベルセリウス公爵と懇意《こんい》にしていたアールベック伯爵夫妻の励《はげ》ましに、冬の三番月に二十歳になったばかりのヴィクトリアは、アメジストを思わせる瞳を潤ませながら薄く微笑んだ。

将来の義父と義母を一度に失い、これからのことを思うと気が滅入ってしまいそうになったが、励ましてくれる人々がいるだけでも、少しは心が救われるような気分だった。

「ところでこんな席でなんだが、結婚はいつになるんだね？」

「……ご存じのとおりリキャルド様は騎士団長を務めておりますので、喪《も》が明けてもしばらくはお忙しくされていることかと」

「それもそうか。近頃ではヨルゲン王へ不満を持つふとどきな輩《やから》が増えていると聞くし、リキャルド騎士団長には是非とも頑張ってもらわなければ」

いいように解釈してくれたアールベック伯爵夫妻に、ヴィクトリアは僅かに微笑むだけに止めた。

オーロラを売りにした観光産業を主な収入源としているオーグレーン王国は、その代わりに農産業が盛んではなく、凍《こお》った大地に僅かばかりに実る農産物を、絶対王制を布《し》いているヨルゲン王が根こそぎ搾取《さくしゅ》しており、特にここ数年は不作が続いていることもあり、民衆の不満が今にも爆発しそうな状態だった。

その鎮静に努めているのがヴィクトリアの婚約者であり、ベルセリウス公爵家の当主になった騎士団長のリキャルド・ベルセリウスだ。

二十四歳という男盛りのリキャルドは、四年前に隣国と小競《こぜ》り合いがあった時に左目を失明したが、その時の功績が認められて翌年に騎士団長に任命され、ヨルゲン王に忠誠を誓っている。

騎士団長らしく逞しい体躯《たいく》にダークブラウンの髪、そしてトパーズを思わせる金色の瞳は鷹《たか》の如く鋭い。

左目を失明したというのにその傷を隠さずに鋭い眼光で騎士団員を叱りつけるところから、畏怖《いふ》の念を込めて『隻眼《せきがん》の鷹』と呼ばれているらしい。

そしてその威圧的な態度は、騎士団や民衆に向けられるだけでなく、婚約者であるヴィクトリアに対しても同様だった。

貧しいながらもブリリオート子爵家に生まれたヴィクトリアは、父の懸命な働きかけで生まれた時からこの国でも一番繁栄しているベルセリウス公爵家の嫡男であったリキャルドとの婚約が取り決められていた。

その為ヴィクトリアは物心ついた時からリキャルドに嫁《とつ》ぐ為の習い事をして、彼の花嫁になる心得だけを身につけるよう育てられてきた。

父の厳しい言いつけで屋敷から外出することは許されず、知っているのは屋敷と庭のみで、習い事の講師から外の世界を教えてもらう以外はなにも知らない、まさに深窓の令嬢として育てられる日々だった。

唯一の楽しみは婚約者の話を両親から聞くことで、リキャルドが活躍したと聞いては我がことのように喜び、いずれは偉業を成し遂げる彼の妻になれるのを誇りに思っていた。

そして喜びに胸をときめかせて初めてリキャルドと引き合わされた十八歳の時、その日のうちに問答無用で操を奪われた。

あまりのことにショックを受けたが、以来リキャルドはヴィクトリアを自分のものだと認識したようで、抱きたい時に呼びつけては抱くようになっていた。

愛されている実感もなく、まるで娼婦のように扱われることに初めのうちは悲観していたが、リキャルドとの婚約が成立したことで、傾きそうだったブリリオート子爵家には多額の援助がもたらされて持ち直している。

大喜びで安堵《あんど》している両親を見ていると、おとなしいヴィクトリアは婚約を破棄してもらいたいとも言えず、かといってリキャルドにもまだ結婚もしてもらえずに、二年も婚約者という位置に甘んじている。

先日ベルセリウス公爵とその夫人の乗った馬車が、アイスバーンとなった雪道で崖から転落して亡くなってからは、葬儀を手伝うという名目でベルセリウス公爵家へ移り住んだが、やはりリキャルドから結婚について具体的な話が出ることはなかった。

しかし両親は援助をしてくれているだけでも満足らしく、ヴィクトリアがまだ結婚してもらえない現状を気にもせずにいる様子だった。

今も両親はリキャルドに取り入ることに必死で、葬儀の席だというのに周囲の目など憚《はばか》ることなく談笑をしている。

「それでは失礼いたします。どうぞお寛《くつろ》ぎください」

アールベック伯爵夫妻に挨拶《あいさつ》をしたヴィクトリアは、悪目立ちしている両親を見かねてリキャルドから引き離しに向かった。

その道すがら、貴族や貴婦人がひそひそと話す声が洩《も》れ聞こえてきて——。

「ごらんになって、見苦しいこと。没落寸前ともなると、あのようになるものかしら」

「あの娘も無理やり婚姻を迫って屋敷へ上がり込んでいるらしいぞ」

「親も親なら娘も図々しいということかしら。若い娘が殿方しかいないお屋敷に上がり込むなんて、はしたない」

「どんな手を使ってたらし込んでいるのか……下世話な想像しかできないな」

みんなの囁《ささや》く声が聞こえ、ヴィクトリアはいたたまれない気持ちになった。

大声をあげて否定をしたいが、貞淑にと育てられたヴィクトリアにそんなことができる筈もなく、貴族や貴婦人たちの好奇な視線を浴びながらただ黙って間を擦り抜けていく。

その際に雪のように白い肌や身体の線も露《あら》わな黒衣、そして長い絹糸《きぬいと》のようなプラチナブロンドの髪に、男性たちの好色な視線が集まるのがわかり、ますます惨めな気持ちになりながらもリキャルドと両親の前へと進み出た。

「お話中のところ失礼いたします」

「おぉ、ヴィクトリア。ちょうど良かった、リキャルド騎士団長がまた援助を増やしてくだされるとのことだ。おまえからもお礼を言っておくれ」

父は上機嫌でウォッカを飲みながらヴィクトリアに笑いかけてくるが、父がこの月にリキャルドへ資金援助を乞《こ》うのは、もう三度目のことだった。

父の満足そうな笑みに困惑しながら、ヴィクトリアはリキャルドを見上げた。

「本当ですか、リキャルド様？　申し訳ありません……」

「謝ることはない。これから冬も本番だしな。なにより将来の花嫁の実家が困っているなら、いくらでも援助してやろうじゃないか」

国中の貴族が一堂に会していることもあり、リキャルドは表向き優しく語りかけてきた。

そのことに戸惑いつつもヴィクトリアもぎこちなく微笑み、それから両親に向き直る。

「お父様、お母様、リキャルド様とお話ししたい方はまだ大勢いらっしゃるわ。そろそろ解放してさしあげないと」

「おぉ、そうだな」

「うふふ、ヴィクトリアもすっかりリキャルド様のパートナーらしくなってきたわね」

「では私共はこれで。どうかご両親のことは気を落とさずに」

形ばかりの弔《とむら》いの言葉を残して両親が屋敷から去っていくのをホッとした気持ちで見送り、ヴィクトリアはリキャルドをおずおずと見上げた。

その途端に蔑みの目で見据えられ、ヴィクトリアは小さくなることしかできなかった。

「両親がまた無理を言ったのですね。本当にご迷惑をおかけします」

「おまえの両親のしたたかさはたいしたものだ。少しは見習ったらどうだ？」

「……申し訳ございません」

ばかにしたように鼻で嗤われて、ヴィクトリアはただ俯《うつむ》いて謝った。

両親のことは愛しているが、こうも頻繁に援助を無心していては、いつかリキャルドに愛想を尽かされてしまうのではないかと心配になってしまう。

リキャルドの妻になる為だけに育てられ、愛ではなく一方的な欲望と暴力を突きつけられても、もう二年も堪え忍んできたのだ。

そのリキャルドに今さら婚約を破棄されたらどうやって生きていけばいいのか、ヴィクトリアにはわからないというのに。

「謝るな。それよりマティアスの姿がない。これだけ大勢の相手を一人でするのは面倒だ、捜してこい」

「わかりました」

リキャルドの言いつけに従って貴賓室《きひん》を出たヴィクトリアは、そこでホッと息をついた。人々の好奇な目に曝《さら》されるよりも、リキャルドの弟、マティアスを捜しにいくほうがずっといい。

今年で十七歳になったマティアスは、髪の色こそリキャルドと同じダークブラウンをしているが、瞳の色は北海を思わせる深蒼色《ミッドブルー》をしている、リキャルドとは母違いの弟だ。

マティアスの母は、リキャルドの母である前妻が存命の頃から、故ベルセリウス公爵が囲っていた妾で、前妻が亡くなってから公爵と結婚をしたこともあり、前妻の子であるリキャルドとは、今回亡くなるまでその親子関係の溝《みぞ》は埋《う》まらなかった。

そしてリキャルドは七歳年下のマティアスのこともあまり良く思っていないようで、つらく当たることもしばしばあり、それがヴィクトリアには不憫《ふびん》でならなかった。

とはいってもリキャルドの言いなりになるしかない自分に同情されては、マティアスも心外かもしれないが。

それでも複雑な家庭環境で育ちながら、真っ直ぐに育ってきたマティアスがリキャルドに理不尽な言いがかりをつけられていると、守ってあげたくなってしまうのだ。

しかしあからさまに守りに入ればリキャルドの逆鱗《げきりん》に触れてマティアスが余計にいじめられてしまうし、全面的に庇護《ひご》することはできない。

できることがあるとすれば、リキャルドの目の届かないところで一緒にお茶を飲んでおしゃべりをしたり、手袋を編んであげたりする程度だった。

そんなジレンマに苛《さいな》まれつつも、心の中ではマティアスを大切な義弟だと思っている。

「マティアス、どこにいるの？」

思い当たる部屋という部屋を捜してみたが、屋敷中を捜してもマティアスの姿はどこにもなかった。

葬儀の席までは一緒にいたし、こんな日にどこかへ遊びに行く訳もないのに、いったいどこへ行ってしまったのか――。

心配しながらも思いつく場所を捜しきったヴィクトリアは、雪が積もり冷たい風が吹く庭へと薄着のままで向かった。

「マティアス、リキャルド様が呼んでいるわ。どこにいるのか返事をして」

吹きつける風に乱れる髪を押さえつつ庭の奥へと向かうと、大きなモミの木の根元に投げ出された長い脚が見えた。

まさか倒れているのかと慌てて近づくと、そこには雪など気にもしないで寝そべるマティアスが空をジッと凝視めている姿があり、ヴィクトリアはホッとしながら座った。

「マティアス、捜したわ」

「ヴィクトリア……」

ゆっくりと起き上がったマティアスの手が寒さで真っ赤になっているのに気づき、ヴィクトリアはその手を取った。

「こんなに冷たくなるまでここにいたの？　この前私の編んだ手袋は？　気に入らないのならまた違う色を編むわ」

「……いらない」

冷たくかじかんだ手を両手で包み込み、息を吹きかけて温めながら提案したが、すぐに拒絶されてしまい、手を払われてしまった。

それを寂しく思ったが、深蒼色の瞳が僅かに潤んでいるように見えて、ヴィクトリアは微笑むのをやめた。

思えばマティアスはまだ十七歳で、多感な時期に両親をいっぺんに亡くしたのだ。

特にこの屋敷で唯一の居場所を作ってくれていた母が亡くなってしまい、マティアスはこの先どうしたらいいのか悩んでいるのかもしれない。

それに二人の死を報《しら》されてから葬儀までは、ヴィクトリアですらあっという間に感じたくらいだし、マティアスはまだ両親の死を受け容れられないのだろう。

「お義父様もお義母様も、きっと今頃は天国で安らかに過ごしながらマティアスを見守っているに違いないわ」

「……それ、慰《なぐさ》めてるつもり？」

悲しすぎるせいか少し不機嫌そうな表情を浮かべるマティアスが呟くのを見て、ヴィクトリアは押し黙った。

慰めたつもりだったが、マティアスの心の傷に触れてしまっただろうか？

そう思うとどう声をかけるべきか悩んでしまい、けっきょく上手い慰めの言葉が見つからず、気まずい空気が漂《ただよ》った。

しかしそう思ったのはヴィクトリアだけだったようで、マティアスのほうはどこか吹っ切れたように息をつくと薄く微笑んだ。

「そんなに困った顔するなよ、俺なら大丈夫だから」

「……本当に？　悲しい時に無理をしなくてもいいのよ」

「子供扱いするなよ」

ムッとした顔で睨《にら》まれてしまったが、マティアスが普段どおりの調子を取り戻してきたことに安堵し、ヴィクトリアは僅かに微笑んだ。

「まだ十代だもの、充分子供よ。その、お義父様とお義母様の事故は突然だったし、私にできることがあるならなんでもするから言ってね」

真面目な顔でしっかりと頷き深蒼色の瞳を凝視めると、マティアスもまた真偽を確かめるようにヴィクトリアの瞳を凝視め返してくる。

ここで目を逸らしたら信用してもらえない気がしてマティアスにもう一度頷いてみせたが、なぜかため息をつかれてしまった。

「ヴィクトリアはさ、このまま兄さんの言いなりになって婚約者のままでいるつもり？」

「え……？」

話題がいきなり自分のことになり、ヴィクトリアは慌ててしまった。

「い、言いなりだなんて……リキャルド様は近いうちに結婚してくださるわ」

「兄さんがそう言ったの？」

「それは……」

リキャルドに言葉にしてもらっていないこともあり、ヴィクトリアは口ごもった。

マティアスの顔を見ていられなくなり俯いたその時、膝の上に置いていた手をそっと包み込まれた。

わかっていたつもりでいたのに、いつの間にか大きくなっていた手に力強く包まれて、ヴィクトリアは不思議な思いで、持ち上げられた手と彼を交互に凝視める。

「なんでもしてくれるって言うなら俺と結婚してよ」

「え……」

「俺ならヴィクトリアに乱暴なんかしない。幸せにするって誓うから俺にしなよ」

とても真剣な瞳で凝視められながらの告白に、ヴィクトリアはただでさえ大きな瞳を見開いた。

しかし次の瞬間、ヴィクトリアは微笑んでマティアスの手を握り返して首を横に振る。

「私のほうがみっつも年上だわ。それに私はリキャルド様の婚約者よ。マティアスのことは義弟として好きだけれど、それ以上でもそれ以下でもないわ」

マティアスのことは義弟として愛しているが、それ以外の感情はない。

もちろん年下のマティアスとの結婚を意識したことなどただの一度もなく、今の告白もきっと彼の心が両親の死で弱っているから、そんなふうに求婚してきたようにしか捉えられなかった。

「私のことをそんなふうに気に掛けてくれてありがとう。どうかこれからも義姉としてよろしくね」

すっかりふて腐れた顔になってしまったマティアスの頬《ほお》に親愛の意味を込めてキスを贈り、にっこりと微笑んでみせると彼は途端に耳まで真っ赤になった。

そんなマティアスが可愛く思えてもっと話をしたいと思ったが、リキャルドに捜すように言われていたのに、いつまでもおしゃべりをしている訳にもいかない。

「さぁ、リキャルド様がお呼びよ。一緒にお客様のお相手をしましょう」

「その必要はもうない」

「あっ……！」

威圧的な声を聞いて振り返った途端に頬を容赦なく叩かれて、そのあまりの衝撃にヴィクトリアは雪の上に倒れ込んだ。

痛む頬を押さえつつ見上げた先には、無表情のリキャルドが立っていて、ヴィクトリアはびくっと身を引き締めた。

「俺に客の相手をさせている間に、おまえらはいったいなにをしていた」

「な、なにもしておりません。今から屋敷へ向かうところで……」

「口答えするな」

「……っ！」

　また手を振り上げられ、叩かれる予感に目をギュッと閉じて痛みに耐えようとしたが、なぜかその手が振り下ろされることはなかった。

　恐る恐る目を開いてみればリキャルドの腕をマティアスが止めていて、二人は静かに睨み合っている。

「なんだマティアス。邪魔をする気か」

「ヴィクトリアにこれ以上手を上げるのは、いくら兄さんでも許さない」

「ハッ！　いっぱしにヴィクトリアの騎士にでもなったつもりか？　だがな、マティアス。この女は俺なしではいられないようにできているんだ。そうだよな、ヴィクトリア？」

　鼻で嗤いながら同意を求められて、ヴィクトリアはなにも言えずに俯いた。

　マティアスの手前否定したかったたが、身も心もリキャルドに服従しているヴィクトリアは反論をすることすらできない。

「ヴィクトリアが逆らえないようにしているのは兄さんだろう。もういい加減にヴィクトリアを解放しろよ」

「ガキのくせに言うことだけは一人前だな。ならばヴィクトリアの本性をおまえに見せてやろう」

「あっ……」

マティアスから易々《やすやす》と腕を取り戻したリキャルドは、そのまま雪の上に座りヴィクトリアを腕の中へ抱き込んだ。

それに逆らうこともできずにリキャルドの硬い胸に背中を預けた途端、黒衣を左右に引き破られた。

「やっ……!」

その瞬間に雪のように白い双つの乳房が弾《はず》むようにまろび出てしまい、ヴィクトリアはあまりの羞恥《しゅうち》にマティアスを直視できなくなった。

「リ、リキャルド様……マティアスの前で、どうかそれだけは……」

「黙れ」

なんとかリキャルドに思い止まってもらおうとしたが、一喝《いっかつ》されてしまった。

抵抗もできずに恐る恐るマティアスを見れば、彼は食い入るようにヴィクトリアの乳房を凝視めていて――。

「いや、見ないでマティアス……お願い、見ないで……」

冷たい風に吹かれて、ベビーピンクをした小さな乳首がぷっくりと尖《とが》り始める様子を兄弟に凝視められている。

そう思うだけで羞恥に眩暈《めまい》を起こしそうになり、消え入りたくなった。

「どうだ、夢にまで見た乳房が目の前にある気分は？　だがこれは俺のものだ」

「あっ……」

乳房を乱暴に揉みしだかれる痛みに顔を歪めたヴィクトリアだったが、指先で乳首をそっと撫でられた途端に、教え込まれた甘い感覚が湧き上がってきて、口唇を噛みしめた。

「なにを遠慮している。マティアスにいつもの声を聞かせてやれ」

「い、いやぁ……あっ、ん……」

純粋なマティアスに爛《ただ》れた関係を知られたくなくて、必死になって声を押し殺していたが、リキャルドの愛撫に慣れきった身体は少しの刺激でも快感を拾い上げてしまい、乳首を爪弾《つまび》くように弄られる度に蕩《とろ》けきった声が洩れた。

「いいぞ、ヴィクトリア。このガキにもっと淫らなおまえを見せてやれ」

「あぁ、いや、いやです……お願い、見せないで……」

「俺に指図するつもりか？　いいからいつもどおりに喘《あえ》げ」

「あぁっ……やっ、そんな……あ、ん……」

指先で乳首をそっと摘《つ》まみ上げては軽くつつかれる淫らな遊戯《ゆうぎ》を繰り返されているうちに、とうとう我慢ができなくなってヴィクトリアは胸を反らせて喘いだ。

「あぁ、ん、あっ、あぁ……」

潤んだ瞳で恐る恐る見上げてみれば、マティアスが食い入るように凝視めている。

それが恥ずかしいのに乳房を揉みしだかれながら乳首をまあるく撫でられると、背筋がゾクゾクするほど感じてしまい、甘えるような声が止まらない。

同時にあらぬ場所が疼《うず》いて濡れてくるのがわかり、ヴィクトリアは脚を閉じ合わせた。

「どうした、ヴィクトリア……次になにをしてほしいんだ？」

「い、いいえ……なにも……なんでもありません」

「うそをつくな。こうして優しく弄られたいのだろう」

「あっ、あぁ……」

こともあろうに義弟が見ている前で、快楽を得ている自分が信じられない。

しかしリキャルドにじっくりと調教された身体は乳首を弄られると、すぐに感じるように躾《しつ》けられていて、秘所がどんどん潤んできてしまう。

「いいか、マティアス。おまえが神聖視しているヴィクトリアはな、おまえの想像以上に淫らだぞ」

「……ッ…そんなこと……」

「お願い、リキャルド様。どうかこれ以上は……」

「黙れ」

次にリキャルドがなにをするつもりなのかが肌を通してわかってしまい、ヴィクトリアは絶望的な気持ちになった。

しかしリキャルドに抵抗することができないヴィクトリアは、ただされるがままに黒衣のスカートを捲り上げられるのを見ていることしかできない。

「あぁっ……」

そして下着も着けずにガーターベルトだけを着けて脚を大きく開く淫らな姿を曝された瞬間、マティアスが息をのむのがわかり、ヴィクトリアは耐えきれずに目を閉じた。

リキャルドにしか見せたことのない痴態《ちたい》をマティアスに見られている。

しかも厳粛《げんしゅく》な葬儀の席で、リキャルドの命令とはいえ下着を着けずにいた自分を、きっとマティアスは軽蔑《けいべつ》しているに違いない。

そう思うだけで自分の中でなにかが壊れていく音を聞いた気がした。

「どうだ、淡く淫らな花を見た感想は？　この俺が乳首を少し弄ってやっただけで、すぐに蜜《みつ》を溢《あふ》れさせる淫乱な女だということがわかっただろう」

「違う。ヴィクトリアは淫乱なんかじゃ……」

「まだわからないとは。つくづく愚《おろ》かな弟を持ったものだ……」

「あっ、やっ……う、うぅっ……！」

やれやれといった様子で息をついたリキャルドが、反り返る熱い楔を一気に押し込む。

濡れていたとはいえなんの準備もなく最奥《さいおう》まで貫かれる衝撃は相当なもので、ヴィクトリアはしばらく声を出すこともできずに身体を小刻みに震わせていた。

しかし時間が経つにつれ身体がリキャルドに慣れ始め、蜜口がひくん、と反応するようになると、それがさもおかしいと言わんばかりにリキャルドは肩を揺らして嗤った。

「ギャラリーがいるほうが好いのか？　美味《うま》そうにしゃぶっているじゃないか」

「ぁっ……っ……あ、待って……待ってくださぃ……」

息も絶え絶えに懇願《こんがん》したがリキャルドがやめてくれる筈もなく、今度は一気に抜け出ていったかと思うと、蜜口が慎《つつ》ましく閉じる前にまた一気に貫くのを繰り返された。

「あっ、あぁ、あっ、あっ、あっ、あ……」

最奥をつつかれる度に鋭い声をあげていたヴィクトリアだったが、そのうちに声に甘さが含まれるようになると、リキャルドはリズムを刻むように穿《うが》ち始める。

それを心地好く感じてしまう自分に嫌気が差したが、リキャルドに純潔を奪われて以来、似たような荒淫《こういん》を強いられてきた身体は、烈しい交わりをいつの間にか快楽に置き換えるようになっていた。

今もマティアスが間近で見ているというのに感じてしまい、貫かれる度に甘い声がどうしても洩れてしまう。

「あぁん、あっ、ん、あ……あ、あぁっ……ないで……お願い、私を見ないで……」

熱に潤んだ瞳でマティアスを見れば、噛みしめた口唇に血が滲んでいた。

ギュッと握りしめられた両手も小刻みに震わせ、怒りを堪えているように見える。

「わかるか、マティアス。ヴィクトリアはおまえに見ないでとは言うが、俺にやめてとは言わない。つまりはそういうことだ」

リキャルドが言うとおり、子爵家の存続が懸かっているヴィクトリアには行為を中断してほしいと言うことができない。

だからせめてマティアスに、こんなに浅ましくも淫らな自分を見てほしくなかった。

しかしマティアスは交わりを食い入るように凝視め、顔を嫌悪に歪めている。

それが余計にヴィクトリアを惨めな気分にさせて、もう神経が焼き切れそうだった。

「……違う。こんなのは間違ってる。俺は……」

「あっ、あぁん、あ、やぁ……！」

マティアスがなにかを言おうとしていたのを遮るように、リキャルドがさらに烈しく腰を使ってきて、ついいつものように喘いでしまった。

そのおかげでけっきょくマティアスがなにを言ったのか聞き取れなかった。

「ぁ……」

熱に潤んだ瞳で見上げたが、マティアスにはすぐに目を逸らされてしまった。

きっとこんなふうにリキャルドにいいようにされて喘ぐ自分に呆れたのだろう。

そうこうしているうちにこんな醜態《しゅうたい》を見ていられなくなったのか、マティアスはその場から立ち去っていった。

その途端に身体をがくがくと揺さぶられて、リキャルドはさっさと極めたかと思うと、ヴィクトリアの中から一気に抜け出ていった。

「ふん、この俺に対していっぱしの態度を取るとはな。だがおまえの浅ましい姿を見てさぞかし幻滅したことだろう」

「あっ……ん……」

ニヤリと嗤ったリキャルドに突き放されて雪の上に倒れ込んだ瞬間、蜜口から白濁が糸を引いてたれていく。

その感覚にぞくりと肌を粟立《あわだ》たせているうちに、リキャルドは身なりを整え、さっさと屋敷へと戻っていった。

その後ろ姿を雪の上に横たわりながら見るともなしに見ていたヴィクトリアは、まるで抜け殻のように気力がなくなってしまい、冷たい風にただ吹かれていた。

マティアスに痴態を見られてショックだった。

そして行為が済んだ途端、いつもどおりボロ布のように捨て置かれる自分があまりにも惨めに思えて、アメジストの瞳がみるみるうちに潤んでくる。

しかしそれを慰めてくれる者などこの屋敷にいる筈もなく、吹きすさぶ冷たい風の中、ヴィクトリアはただ涙をひと筋零した。

＊第二章　耐え忍ぶ氷華＊

「ヴィクトリア様、そろそろリキャルド様がご帰宅されるお時間です」

「もうそんな時間だったのね。教えてくれてありがとう」

編み物をしていたヴィクトリアは、若き執事、ベントの声に微笑んで編み物をやめた。

ベントは先代に仕えていた執事の息子で、リキャルドがベルセリウス公爵家を継いだ時、同時に代替わりをして仕えていた。

二十五歳になったヴィクトリアとは同じ歳で、細やかな世話をしてくれている。

なので屋敷の中では少し親近感のある存在ではあるが、ベントはリキャルドを第一に考えて動き、ヴィクトリアに対しては長期滞在している客人のようによそよそしく振る舞う。

それというのも、先代のベルセリウス公爵夫妻が亡くなって五年という歳月が経っているというのに、リキャルドがまだヴィクトリアと結婚をしてくれないせいだった。

どうして結婚をしてくれないのか思い悩んでリキャルドに訊いたこともあるが、持参金も払えないのに結婚を迫るつもりか、とか、忙しくて結婚どころではない、とか、その時によって理由が違い、明確な理由はわからないまま結婚を七年も引き延ばされている。

ヴィクトリアとしては両親の為にも早く結婚をしてリキャルドの妻という確固たる地位を築き、自分の居場所を確保したいのに、それもできずに身体だけを貪られる日々は、ただただ不安でつらいものだった。

しかも両親は、相変わらずリキャルドに度重なる援助を無心している。

そんな状態でもしも彼の気が変わり、婚約を破棄されてしまったらと思うと気が気ではなく、リキャルドの言うがままに身体を開いているが、結婚をしてくれない本当の理由はなんなのか――。

（……やっぱり、私に子供ができないせいかしら？）

この七年の間にただの一度も懐妊《かいにん》したことがなく、それがヴィクトリアを弱気にさせる。

何代も続く由緒あるベルセリウス公爵家にとって、世継ぎを産むことは重要な仕事だ。

なのにその仕事すら全うできないから結婚をしてくれないとしか思えない。

（どうして子供ができないのかしら……）

そうは思ってもこればかりはどうすることもできず、ヴィクトリアは薄いお腹を摩《さす》った。

子供ができないからいつまでも客人扱いを受けるのも当然に思えてきて、ヴィクトリアは落ち込んだ気持ちを振り払うように、雪が降りしきる窓の外を眺める。

今日は屋敷の中にいても少し冷えるほどなので、外は凍えるほど寒いことだろう。

（リキャルド様がお帰りになるのに、マティアスはまだ帰ってこないのかしら？）

まだあどけなさが残る少年だったマティアスも、今や二十二歳という年齢になっていた。

騎士団長をしているリキャルドにはまだ劣るが、それでも逞しくしなやかな身体をした立派な青年に育ち、今はリキャルド率いる騎士団に所属している騎士だ。

入団して二年目ながらも剣の扱いは並外れて優れているらしく、気配もなく敵を瞬殺するのが得意だそうで、仲間内から『闇の殺戮者《さつりくしゃ》』と呼ばれているとリキャルドがばかにしたように言っていた。

そんな恐ろしい異名を持つなんて、穏やかな彼には似合わないと最初は信じられなかったヴィクトリアだが、時々マティアスが気配もなく現れることがあり、異名も伊達《だて》ではないと思うことがある。

そしてマティアスがヴィクトリアに恋をしていると、リキャルドは勝手に思い込んでいるようなのだ。

その証拠にマティアスのいる時は結婚をちらつかせてくるのだが、彼がいなくなると途端にヴィクトリアを邪険《じゃけん》に扱う。

（マティアスが私を好きだなんて、リキャルド様の思い過ごしなのに）

確かに先代の葬儀の日にマティアスにプロポーズをされたが、そのすぐあとリキャルドに抱かれる自分を見て彼も幻滅したに違いない。

現にあの日からマティアスは、ヴィクトリアと必要最低限にしか話さなくなった。

それればかりかなんとなく避けられているようで、マティアスと顔を合わせるのは食事の席だけという状態なのに、それでもまだ彼が自分を好きでいるとは到底思えない。

その素っ気ないマティアスの態度を見ても、リキャルドはまだ彼が自分を好きでいると思っているのだろうか？

（リキャルド様はマティアスをどうしてそこまで意識するのかしら……）

マティアスにこれだけ距離を置かれて、自分もなんとも思っていないのに、なぜリキャルドが意識をするのか不思議でならなかった。

ただの勘違いで、また昔のようにマティアスがリキャルドに騎士団で不当な扱いを受けていなければいいのだが。

そんなことを思いつつ玄関ホールへ向かう途中で、ヴィクトリアはふとため息をついた。

リキャルドには結婚をしてもらえず、マティアスには軽蔑をされて、自分はいったいなにをしているのか――。

この屋敷でのヴィクトリアの居場所は、与えられているゲストルームと庭にある温室くらいしかなく、使用人には客人扱いを受けているなんて。

それを考えると鬱々《うつうつ》とした気分になり、俯きながら玄関ホールへと辿り着いたヴィクトリアは、リキャルドを出迎える為に居並ぶ使用人たちの先頭にいるベントの隣へ並んだ。

そしてリキャルドの帰りをただ黙って待っていると、それからほどなくして彼の愛馬が駆けてくる音が聞こえて、ヴィクトリアは居ずまいを正す。

「おかえりなさいませ、リキャルド様」

使用人が一斉に頭を下げて出迎えると、リキャルドはうっすらと雪が積もったマントとグローブを使用人に放り投げ、まずは婚約者のヴィクトリアではなく、ベントを見る。

「なにも大事はなかったか」

「本日は書簡が二通届きましたが、それ以外は何事もございません」

「そうか」

「リビングを暖めておきました。ウォッカをお持ちしますので、まずは冷えた身体を温めてください」

なにもかも心得ているベントが報告を済ませて恭《うやうや》しく頭を下げると、リキャルドはそこでようやくヴィクトリアを見下ろし、なにも言わずに腕を摑んできた。

「酌《しゃく》をしろ」

引き寄せられただけで、リキャルドからひんやりと冷たい外の気配がした。

それがまるでリキャルドの気持ちを表しているようで、抱き寄せられても愛を感じることはなく、ただおとなしく付き従っていった。

ベルセリウス公爵家の人間だけが寛ぐ為のリビングルームは、蝋燭《ろうそく》の明かりと暖炉の炎でオレンジ色に染まり、ソファセットと温室の薔薇《ばら》を飾る花台、そして暖炉の前にオーグレーン王国に生息する雪のように真っ白なホワイトパンサーの敷物が敷いてある以外は、特になにもないシンプルな部屋になっている。

それでも充分に贅《ぜい》を凝らした造りであり、特に手触りが最高のホワイトパンサーの毛皮は、伯爵以上の爵位を持つ貴族しか使用できない決まりになっており、子爵家で育ったヴィクトリアにとっては、このベルセリウス公爵家で初めて目にした高級品だった。

「今日は一段と冷える。おまえも酒の相手をしろ」

「そんなに強いお酒を飲んだら倒れてしまいます。お酒のお相手をご希望でしたらマティアスの帰宅を待たれてはいかがでしょうか？」

ソファにゆったりと座ったリキャルドの隣で控えめに進言した途端、リキャルドはおもしろくなさそうに息をつく。

「あんなに無口な奴と飲んでなにが楽しい。飲めないと言うのならドレスを脱げ」

「え……」

どうしてそういう話になるのか理解ができずに固まっている間に、ベントが素知らぬ顔でウォッカをテーブルに用意して去っていった。

「なんだ、不満でもあるのか？　早く脱げと言っている」

「……はぃ」

リキャルドに逆らうことなどできる筈もなく、ヴィクトリアは訳がわからぬままソファから立ち上がってドレスを脱ぎにかかった。

首許まで隠れているストイックなドレスのホックを、震える指で外していく。

ひとつ、ふたつ、みっつ、と次々に外していき、胸のあたりのホックを外した途端に雪のように白い乳房が弾むようにまろび出る。

「手を止めるな」

「はい……」

恥ずかしさに手が止まったのを見咎められてジロリと睨まれてしまい、ヴィクトリアはホックをすべて外した。

そうしてドレスから腕を抜いて床に脱ぎ落とし、ストッキングとガーターベルトだけを着けた姿でおずおずと凝視めると、リキャルドは満足そうな笑みを浮かべてヴィクトリアの肢体《したい》を眺めてくる。

なぜかリキャルドは昔から、ストッキングとガーターベルトだけ残すことを好む。

全裸より淫らに映っているように思えて、ヴィクトリアとしてはあまり見られたくない姿だったが、リキャルドの命令に背く訳にもいかない。

「……っ……」

暖炉のおかげで暖かいが、それでもドレスを脱いだ途端に肌寒さを感じ、そして凝視められている羞恥にヴィクトリアは自らの身体を抱きしめた。

「なにを今さら恥ずかしがっている。突っ立ってないでそこに跪《ひざまず》いて酌をしろ」

「わかりました……」

諦めにも似た気持ちでその場に跪いてリキャルドへグラスを渡し、ウォッカのボトルを手にして酌をした。

するとリキャルドはウォッカを一気に呷《あお》り、ふと息をついてから跪くヴィクトリアを不満げに見下ろした。

「なにをボケッとしている。目の前におまえの大好きなものがあるだろう。仕事で疲れてるんだ、俺が言う前に奉仕もできないようでは、結婚はまだ先だな」

「そんなっ……」

「結婚したければわかるだろう？」

「……はい」

結婚のチャンスを逃すことなどできる筈もなく、ヴィクトリアはリキャルドの腰に巻かれている鞣《なめ》し革のベルトを外し、ゆっくりとトラウザーズを寛げた。

その途端に猛《たけ》るリキャルドの淫刀がぶるん、と弾み出て、ヴィクトリアはなにかを言われる前に白い乳房で熱く滾《たぎ》るリキャルドを挟み込み、突き出た先端を舌先で舐めた。

溝に沿って舌を細やかに動かしているうちに、透明な蜜が溢れ出てきて舌が痺れるような苦みを感じたが、それを厭《いと》わずに括れまで口の中へ含みながら柔らかな乳房で反り返る陰茎を擦り上げる。

「フッ、いいぞ……ずいぶんと美味そうにしゃぶるようになった……」

「んっ……ふ……っ……」

「本当におまえは……俺のこれが大好きだな」

「……っ……んんっ……」

口に含んでいる先端をじゅっと吸ってから、脈動する陰茎を舌先を使って舐め下ろしては、また先端に向かって舐め上げていく様子をリキャルドが満足そうに見下ろしている。

それを苦しさに潤んだ瞳で凝視めてから、返事はせずに奉仕を続けているが、なにも好きで舐めている訳ではない。

初めて舐めさせられた時は苦しさに何度も噎《む》せて、涙を流したものだった。

しかし七年のうちにどこをどう舐めればリキャルドが満足するかを調教され、舐めることにも慣れてしまっていた。

今もリキャルドを追い上げるように双珠を優しく揉み、頭を上下に動かして口唇で扱き上げるのを繰り返し、早く終わってくれるのを願いながら口淫を続けていたのだが――。

「おっと、手が滑《すべ》った」

「んっ……!?　あっ、んぅっ……っ！」

必死になって喉奥まで頬張っていたヴィクトリアが無防備に開いていた秘所に、リキャルドはウォッカを床に滴《したた》るほど浴びせてきた。

その途端に秘所がカッと熱くなり、ヴィクトリアは堪らずに腰を揺らめかせる。

「そのまま続けろ」

「んっ……んぅっ……」

熱くて熱くて仕方がないのに、アルコールが蒸発していく瞬間のスッとする感覚がなんともいえず奇妙で、触れられてもいないのに陰唇がぽってりと膨《ふく》らんで息づくのがわかる。

包皮に包まれていた秘玉も昂奮《こうふん》にぷっくりと顔を出して脈動し、いつもより敏感になって、外気が触れるだけでも見えないなにかに刺激されているような感覚に陥《おちい》った。

「んっ……んんっ……」

秘所が疼いて蜜口がひくん、ひくん、と物欲しげに蠢《うごめ》いてしまうが、口淫をやめることを禁じられ、ヴィクトリアは腰を淫らに揺らめかせながら夢中になって奉仕した。

「フフ、そんなに腰を振ってどうした？」

「あ、ん……んん……」

「挿《い》れてほしければ、まずは俺を満足させろ」

愉しげに言い放つリキャルドを熱に潤んだ瞳で見上げ、ヴィクトリアは口だけではなく手も使って反り返る熱い楔を刺激した。

その間も粘膜から吸収した強いアルコールのせいで、秘所が疼いて愛蜜が溢れ出し、糸を引いて床へたれていくのがわかる。

「んんっ……ん、ふ……んっ……ん……」

甘くも苦しい疼きをどうにかしてもらいたくて、リキャルドを頬張りちゃぷちゃぷと淫らな音がするほど烈しく扱き上げる。

舌も絡めて吸い上げるとようやくリキャルドが口の中でびくびくっと反応して、あと何度か吸い上げれば達してくれそうなことを察したヴィクトリアは、双珠を揉み込みながら陰茎を扱き、口に含んだ先端をちゅうぅっと音がたつほど吸い上げた。

その途端にリキャルドはヴィクトリアの髪に指を埋め、頭を押さえつけてくる。

おかげでリキャルドを喉奥まで迎え入れる形になってしまい、あまりの苦しさに涙が滲んだその時、熱い飛沫を浴びせられた。

「んっ……！　んふっ……ん……んっ……」

それでも残滓《ざんし》を搾《しぼ》り取るように手を動かしていると、あまりの勢いに飲み込みきれなかった白濁がヴィクトリアの頬に飛び散り、その雫が頬から顎を伝ってたれていく。

そしてようやく口淫から解放され、床に手をついて肩で息をしていたのだが、髪を引っ

ぱられて凝視め合うことを強要された。

「いい表情《かお》だ。そんなに美味かったか？」

「う……」

ニヤリと嗤いながら訊かれたが答えることもできずにいると、リキャルドは気分を害したようにヴィクトリアを突き飛ばした。

「あっ……」

「フン、まだ懲りてないようだな」

「い、いいえ、そのようなことはございません……」

慌てて首を横に振ったが時既に遅く、リキャルドは鋭い目で睨みつけてくる。

そして無様に床へ倒れ込むヴィクトリアを見下ろし、顎でテーブルを指し示す。

「そこへ座って俺が挿れやすくなるようにほぐせ」

「え……」

「疼いて仕方がないのだろう？　遠慮せずに自分でほぐしておけ」

「そんな……」

あまりのことにヴィクトリアは大きな瞳を見開いた。

しかしリキャルドはすっかりそのつもりのようで、グラスを呷っては戸惑うヴィクトリアを愉しげに眺めている。

もちろん今までにもリキャルドの前で自慰を強制されることは多々あったが、これだけは未だに慣れるものではなく、絶望のあまりに雪のように白かった肌がさらに白くなる。

「どうした、準備もなく挿入《いれ》てもいいのか？」

「いいえ、します。しますから……」

なんの施しもされずに受け容れるつらさを考えると身体が竦《すく》み上がり、ヴィクトリアはおずおずとテーブルに乗り、リキャルドにいつも命令されるとおり、秘所がよく見えるよう後ろ向きでテーブルを這い、自らの秘所へ手を差し込んだ。

「ぁ……」

指先で秘所をそっと開いた途端に蜜口から愛蜜が溢れ出し、秘玉へ向かって伝っていく。

そして昂奮に包皮から顔を出す秘玉に雫を作った愛蜜が、糸を引いてテーブルへたれていく様子を見てリキャルドが愉しげに嗤う。

それが恥ずかしいのに蜜口は早く欲しいとでもいうようにひくん、と開閉を繰り返し、堪えきれなくなったヴィクトリアは指先で秘玉をころころと転がした。

「ぁ……ん……」

秘玉にそっと触れるだけで快美な刺激が走り抜け、蕩けるような声があがった。

同時に蜜口が物欲しげにひくひくと蠢いてしまい、また新たな愛蜜が溢れ出てくる。

堪らずに指を揃えて蜜口の中へゆっくりと埋めていくと、中は驚くほど熱くなっていて、自らの指だというのにもっと奥へと誘うように吸いついてくる。

「ん、ぁ……んぅ……」

くちゅくちゅと粘ついた音がたつほど烈しく指を抜き挿しして、同時に秘玉も刺激すると、腰が淫らに躍ってしまうのを止められなくなった。

「んっ……リキャルド様、このままでは達《い》ってしまいます……」

「まだだ、俺がこの酒を飲み終わるまで達くことは許さない」

リキャルドは愉しげに言ったかと思うと、ウォッカをグラスになみなみと注いだ。

そして今までのように一気に呷らずに、涙目で凝視めるヴィクトリアに見せつけるように、まるで舐めるようにゆっくりと飲むのだ。

「ん……お願いです、早く挿れて、くださぃ……」

このままではリキャルドを待つことなくあっという間に達してしまいお仕置きをされそうで、ヴィクトリアは恥ずかしいのを堪えて蜜口を開いてみせた。

ひくひくと開閉を繰り返す様子をリキャルドが凝視めていると思うだけで、身体が沸騰《ふっとう》しそうなほど熱くなる。

しかしこうやって誘わなければ、リキャルドはいつまでも放っておくに違いなかった。

それを充分にわかっているヴィクトリアは、潤んだ瞳でリキャルドを凝視めながら秘所を曝し、腰を揺らめかせて誘うしかないのだ。

「フフ、ずいぶんと俺を誘うのが上手くなった」

「あっ……」

酒を一気に呷ったリキャルドがおもむろに立ち上がるのを見てホッとした気分でいると、間もなく双丘を左右に開かれて、奮った淫刀が蜜口に触れてきた。

そして先端を一気に埋められてずくずくと擦り上げられたのだが――。

「んっ……や、やぁ……」

「どうした……なにか不満でもあるのか？」

ニヤリと嗤ったリキャルドに声をかけられて、ヴィクトリアは首をふるりと横に振った。

いつものように最奥まで一気に押し進められるのではなく、浅い箇所ばかり擦り上げられるのがもどかしくて腰が甘く疼いてしまう。

媚壁もうねるように蠢いて、リキャルドをもっと奥まで誘うように吸いつき、まるで生殺しのようだった。

「ぁ、ん……んっ、あ、あん……リキャルド様……」

思わずねだるような声音で呼んでみたが、リキャルドは聞こえないとばかりに浅い箇所ばかり擦り上げる。

「あ、あんん……」

媚壁が甘く疼く感覚が堪らなくて、腰が淫らに揺れてしまうのを止められない。

もっと奥まで擦り上げて最奥をつついてほしいのに、それでも浅い箇所で抜き挿しをされるばかりで、堪らなくなったヴィクトリアが腰を使ってもっと奥までのみ込もうとしても、リキャルドはすぐに腰を退《ひ》いて奥まで突き上げてくれなかった。

「い、いや……リキャルド様……お願い、もう意地悪しないで……」

「意地悪などしていない。なんと言えばいいのかわかるだろう」

「や、ん……あっ、あぁん……」

感じきりながらもヴィクトリアは羞恥に全身を染め上げた。

今日は一方的に快楽を貪るのではなく、ヴィクトリアから欲しがるように仕向けるつもりなのだ。

それがわかって絶望的な気分になったが、なにもこれが初めてのことではなく、リキャルドは時々こうしてヴィクトリアから欲しがる言葉を聞きたがる。

もしかしたらこれが、彼の見せる精一杯の愛情の試し方なのかもしれないと思うといやとも言えず、ヴィクトリアはアメジストの瞳を潤ませながらリキャルドを凝視めた。

「お願いです……もっと奥まで突いて……」

言った瞬間に羞恥のあまり、媚壁がきゅうぅっとリキャルドを締めつけてしまった。

するとと息を凝らしたリキャルドが、最奥まで一気に擦り上げてくる。

「あっ、あぁん……あっ、あっ、あ……あぁ、もっと……もっと奥まで突いて……」

ようやく満たされる感覚に、ヴィクトリアは教わったとおりにリキャルドが好む淫らな言葉を口走った。

それが気に入ったようで、リキャルドは褒めるように抜け出るギリギリまで退いたかと思うと、また最奥まで一気に突き上げるのを繰り返す。

「フフ、すっかりこれの虜《とりこ》になって淫乱になったものだ……」

「あぁ、お願い……もっと、もっとして……！」

ずくずくと突き上げられるのが気持ちよくて、猥《みだ》りがわしい悲鳴をあげると、中にいるリキャルドがびくびくっと反応をしてさらに嵩《かさ》を増した。

すると蕩けきった媚壁がヴィクトリアの意思とは無関係に蠢動《しゅんどう》を繰り返し、熱く滾る楔にしっとりと吸いつく。

それがいいのかリキャルドは律動を続けながら、ヴィクトリアの頬をべろりと舐めて掠れた声で言うのだ。

「いいぞ、もっと淫らに叫べ……」

「ひあっ……あっ、あ、あぁんっ……！」

「好いのか？」

「好いです……好いの……んっ、あ……もっと、もっとして……！」

媚壁をずくずくっと擦り上げられる度に腰が甘く蕩けそうになるほど気持ちよくなって

しまい、教わったとおりに淫らな願いを口にした時だった。

ふいにリビングの扉が開く音が聞こえてそちらを見てみれば、そこにはマティアスの姿があり、ヴィクトリアはギクリと身体を強ばらせた。

しかしリキャルドは行為をやめることなくヴィクトリアを穿ち続けていて――。

「堂々とした覗きだな。見ればわかるだろう、取り込み中だ……」

「あっ、ん……っ……ん……」

声を押し殺そうと必死になったが、弱い場所を突かれるとどうしても声が洩れてしまい、ヴィクトリアはあまりの羞恥に顔といわず耳まで真っ赤に染め上げた。

しかし当のマティアスは表情ひとつ変えることなく、むしろ冷めた表情で凝視めてくる。

それが余計にヴィウトリアを惨めな気持ちにさせたが、もう少しで絶頂を極めそうだった身体は、リキャルドが腰を使って穿ってくると快感を拾い上げてしまう。

「早く扉を閉めろ。ヴィクトリアが風邪を引いたらどうするつもりだ」

「あっ……ぁ、ん……っ……」

どうしても洩れてしまう声を抑えつつもマティアスを見ると、扉を閉めて出ていくどころかこちらに近づいてきた。

それを信じられない思いで凝視めていると、リキャルドは最奥をつつきながら秘玉を刺激してきて、そのあまりの快感にマティアスが目の前に来た瞬間に達してしまった。

「や、あっ……やぁぁぁぁ……！」

高く掲げられている腰をびくん、びくん、と痙攣《けいれん》させながら中にいるリキャルドを何度も何度も締めつける。

するとリキャルドも腰を押しつけて、ヴィクトリアの中に熱い飛沫を浴びせてきた。

そして何度か腰を打ちつけられ、残滓を浴びせられる度に小さな絶頂を感じて腰を跳ねさせていたのだが、リキャルドが出て行った途端に腰から力が抜けてしまい、ヴィクトリアはテーブルへ倒れ込んだ。

「は、ぁ……っ……」

横向きに倒れ込んで乱れた息をつきつつも、身体を隠すように丸まる。

その途端に蜜口から白濁が溢れ出してしまい、いたたまれない気分で固まった。

いったいどう思われているか考えるだけでも恐ろしく、マティアスをおずおずと見上げてみたのだが、彼はまったく動じずに衣服を整えたリキャルドに書類を差し出していた。

「頼まれていた入団希望者のリストです」

「おまえから見て腕利きはいたか？」

「骨のありそうな奴は何人かいたので、リストにマークしておきました」

まるでヴィクトリアなど見えていないように会話をしたかと思うと、リキャルドはマティアスの持ってきた書類を持ってリビングから出ていった。

そしてあとに残されたヴィクトリアは、マティアスに見下ろされてびくりと身体を竦め、凍りついたように動けなくなる。

身体をドレスで隠そうにも床に落ちたままだし、ただ背を向けてマティアスが出て行ってくれるのを待っていたのだが、彼は一向に去る様子はない。

どうしたらいいのかわからずに、ヴィクトリアはただただ身を硬くするしかなく、それでも神経だけは尖らせていた。

「……っ……」

その時、ふとマティアスが動く気配を感じて息をのむと、ドレスで身体を包み込まれて、そのまま腕の中に抱き上げられた。

思いがけない行動につい見上げたが、マティアスはなにも言わずに息をつくばかりで、ヴィクトリアはますます小さくなった。

「あ、あの……」

「……舌を噛むといけないから話さないで」

マティアスはヴィクトリアを軽々と抱き上げ、リビングを出て長い廊下を歩いていく。

冷たい空気が素肌に触れて身を竦めていると、それに気づいたマティアスがさらに優しく包み込んでくれる。

その途端にマティアスから温もりと共に、針葉樹を思わせる爽やかでスパイシーなコロンの香りがして、ヴィクトリアは不覚にもドキッとしてしまった。

「もう少しだけ我慢して」

「あの、マティアス。どこへ……どこへ行くつもりなの？」

一番知りたいことを思い切って訊いてみると、マティアスは珍しくふと微笑んだ。

「俺の部屋へ……と言いたいところだけど、ヴィクトリアの部屋へ運ぶだけだよ」

てっきり軽蔑されていると思っていたのに思いがけず微笑まれて、どう返していいのか戸惑ってしまう。

そのうちにマティアスは階段を難なく上がり、ヴィクトリアの部屋となっているゲストルームにあるバスルームへと送り届けてくれた。

「ここでいいだろう？」

「ありがとう……」

湯の温度を調整までしてくれて、バスタブにそっと下ろされたヴィクトリアは気まずいながらも素直に感謝の言葉を告げた。

するとマティアスは、そんなヴィクトリアをジッと凝視めてくる。

その深蒼色の瞳が、なにかを訴えるように見えるのは、ヴィクトリアの錯覚だろうか？

「七年も結婚を引き延ばされて、兄さんから逃げるつもりはないの？」

「……私はリキャルド様の妻になる為に育てられてきたし、今さら逃げて他の人生を送るなんて考えられないわ」

　思いも寄らない質問をされて、平気だというように薄く微笑んでみせたが、マティアスは呆れたようにため息をつく。

「ヴィクトリアが望めば自由はいくらでも手に入るのに」

「そんな、自由なんて……温かな食事やベッドを用意してもらえるし、私は充分良くしてもらっているわ」

「洗脳《せんのう》って恐いね」

「洗脳……？」

　訳がわからずに首を傾げるが、マティアスの視線が身体を這うのに気づき慌てて隠した。

　よく考えたら全裸でいたのに、それを隠しもしないでバスルームで話し込んでいたなんて、リキャルドに知れたらどんな叱責《しっせき》を受けるかわからない。

　自分だけならまだしも、なんの罪もないマティアスまでリキャルドの標的にされたらと思うと気が気ではなく、ヴィクトリアはおずおずと見上げた。

「あ、あの……」

「わからないなら今はまだいいよ」

「今はまだ……？」

　ますます訳がわからない言葉に眉根を寄せたが、マティアスはそれ以上は答えずに立ち上がり、バスルームから出ていった。

その途端にホッとして肩から力が抜けて、ヴィクトリアはバスタブにもたれ掛かった。

しかしマティアスはいったいなにを言いたかったのだろう？

リキャルドに虐《しいた》げられている自分を気遣っての言葉だとは思うが、逃げるだなんて。

愛されている実感はないが、それでも先ほどのように淫らな言葉を口にする自分を見て満足そうにしている姿を見ると、少しは愛されているように感じて嬉しいのに。

もっと彼の理想に近づけば、いつかは優しく接してくれるとも思っている。

だがそれが洗脳だとマティアスは言うのだろうか？

（そんなことないわ。私は洗脳なんかされていないもの）

溜まってきた湯を手に掬って顔を洗い、ヴィクトリアは気を取り直した。

リキャルドは相変わらず乱暴だが、もう何年も両親へ援助をしてくれていることを思えば、感謝してもしきれないほどの恩がある。

不満があるとすれば結婚をしてくれないことだけで、それ以外はなんの文句もない。

もちろんもう少し愛されている実感を持てたらさらに嬉しいが、リキャルドはきっと愛を表現するのが不器用なだけなのだ。

（そうよ、リキャルド様は産みのお義母様が若くしてお亡くなりになったこともあって、あまり愛情を表に出すのに慣れていないだけだわ）

リキャルドは母についての話をしてくれたことはないが、きっとそうに違いない。

それなのにまさか義弟のマティアスが、自分を否定するようなことを言うなんて。

口数が少なくてあまり自分たちに関わらないようにしている義弟だと思っていたのに、いつの間にか自分の意見をしっかりと持った青年に成長していたことに動揺を隠せない。

確実に大人の男性になっていることを、見せつけられた気分だ。

しかも捨て置かれていた自分を、ここまで運んでくれるとは思わなかった。

(私を運べるほど成長していたのね……)

二十二歳になったと頭ではわかっていた筈なのに、抱き上げられた時に感じた胸の厚みや、終始ぶれることのなかった力強い腕に驚いてしまった。

逞しい身体つきのリキャルドと比べても、しなやかで逞しい身体をしているマティアスの力強さは、そう大差がないように思えた。

(……できればもう、マティアスにあんな場面を見られないようにしていただかないと)

以前も見られてはいるが、気づかないうちにすっかり大人に成長していたマティアスにあられもない痴態を見られたかと思うと、あまりの羞恥に落ち着かない気分になってきた。

顔を覆ってみても、あの深蒼色の瞳でリキャルドとの情事を冷静に見物されたかと思うだけで暗澹《あんたん》たる気分になってきて、これから始まる夕食の席へ出向く勇気もなくなり、なかなかバスルームから出られなくなったヴィクトリアだった。

＊第三章　揺れる心＊

「遠征です、か……？」

朝食の席でリキャルドが何気なく言ったのを聞きつけて、今まさにイワシの甘酢漬けを食べようとしていたヴィクトリアは目を瞬《しばた》かせた。

「本格的な冬がくる前に、国境の警備を視察してくるようにとのヨルゲン王の命令だ」

やれやれといった様子で厚切りのハムのグリルにベリーのジャムをつけて食べるリキャルドを見て、ヴィクトリアは少し困惑した表情を浮かべた。

近隣の国とは今は停戦状態で、どちらかと言えば内政のほうが不安定だというのに、リキャルドが留守にしても大丈夫なのだろうか？

「……兄さんが遠征に行っている間に『自由の風』が活性化したらどうするの？」

ヴィクトリアが心配に思ったことを、マティアスがすかさず訊いた。

ヨルゲン王の圧政に不満を持っている一部の過激な国民が、二年ほど前から『自由の風』という反王制組織を結成して時々騒ぎを起こしていた。

騒ぎを起こすのは国へ納税する日が多く、各領地の作物や農産物、それに海産物などを管理している貴族が標的になるのだが、その日ばかりはリキャルド率いる騎士団が貴族の屋敷を守っているので小競り合いが起きる程度だ。

それでも死者が出ることもあり、国への納税日は貴族にとって最も緊張する日だった。

「今月の税の徴収はうちだよね。兄さんがいない間に自由の風が動いたらどうするのさ」

「それを守るのはおまえたちだ」

「そうすると、俺は遠征には参加しないの？」

「フン、騎士になって二年程度のおまえが遠征について来たら足手纏《まと》いだ。おとなしく副長の命令に従っていろ」

ばかにしたように言い放たれたが、マティアスは特に反応せずに、いつものように押し黙って食事を再開した。

その二人のやり取りをハラハラして見ていたヴィクトリアは、気を取り直してリキャルドに問いかける。

「いつから遠征に行かれるのですか？」

「明日の早朝だ」

「ずいぶん急なお話ですね」

「その代わり今日は休みになった。遠征に出たらひと月は帰らないから、久しぶりに思いきり抱いてやる」

口の端についたベリーのジャムを舐め取りながらニヤリと嗤われて、ヴィクトリアはこれ以上はないというほど狼狽《うろた》えた。

普段の交わりでも充分だというのに、今日はさらに深い快楽に沈められるのかと思うと、今から落ち着かない気分になった。

しかも平然と宣言されたことが恥ずかしくてマティアスを盗み見たが、彼は特に気にする様子もなく、いつものように無関心でいた。

そのことにはホッとしたもののリキャルドの言葉を聞いた途端に食欲がなくなり、ヴィクトリアは大好きなイワシの甘酢漬けを口に運ぶこともできず、紅茶を飲むことで心を落ち着かせようとした。

そうこうしているうちに食事を終えたリキャルドが席を立ち、マティアスと二人きりになってしまった。

会話の糸口が見つからず、気まずい思いでいるところでマティアスがぽつりと零す。

「今日さえ堪えればひと月はヴィクトリアも自由でいられる」

「堪えるだなんて……」

思いがけず声をかけられたが、ヴィクトリアがリキャルドとの交わりをいやがっていると決めつけた言い方にぎくりとした。

それでも平静を保つ努力をしているヴィクトリアを見て、マティアスは少し憐《あわ》れむような表情を浮かべていたが、ヴィクトリアがそれに気づくと微笑みかけてくる。

「まぁいいよ。兄さんがいない間に俺が本当の自由を教えてあげる」

「本当の自由……?」

今でも充分不自由のない生活をしているというのに、なにを教えるというのだろう?

訳がわからなくて首を傾げると、マティアスはふと席を立った。

そしておもむろに近づいてきたかと思うと、固まるヴィクトリアの口唇に触れるだけのキスをしてくる。

「……!」

「ただの挨拶だよ」

そう言って頬にもチュッとキスをされて、ヴィクトリアが呆然としているうちにマティアスは背を向けた。

「マ、マティアス? あのっ……」

慌てて声をかけてもマティアスは振り返りもしないで、テラスルームから出ていく。

そしてあとに残されたヴィクトリアは、マティアスの大胆な行動になぜだか落ち着かない気分になった。

そもそもマティアスを引き留めてなにを訊こうとしたのか——。

自分でもよくわからないままふとため息をついたヴィクトリアは、気を取り直すように紅茶を飲んで席を立った。

「ヴィクトリア様、リキャルド様はしばらく雑務をこなすそうです」

「わかったわ。温室にいるのでなにかあったら伝えてください」

「かしこまりました。どうぞごゆるりとお寛ぎください」

テラスルームを出たところで、ちょうどやって来たベントに声をかけられて、後ろめたい気分になりつつも、なんとか平静を保つことができた。

そしてまだしばらくはリキャルドに呼ばれることはないと知ったヴィクトリアは、コートを着て雪の積もる庭へと出る。

凛とした冷たい空気を吸い込むだけで頭が冴え渡ったが、いつまでも外にいたら凍えてしまうので、急ぎ足で温室へと向かう。

ガラス張りの温室は、薔薇をこよなく愛していたリキャルドの生母の為に造られたらしく、北の果てにあるオーグレーン王国にいるとは思えないほど色とりどりの薔薇が咲き乱れていて、噴水や薔薇を観賞する為のガーデンテーブルのセットも設《しつら》えてあり、ヴィクトリアにとってもお気に入りの場所だった。

庭師が丹誠込めて育てた薔薇はどれも馨《かぐわ》しい香りがして、温室にいるだけで心からリラックスすることができる。

そんな薔薇を眺めながら温室の中をゆっくりと歩いていたヴィクトリアだったが、明日からリキャルドがひと月もいない生活を送るかと思うと、つい重いため息が洩れた。

これで結婚がまたひと月延びるのもあるが、リキャルドのいない生活が不安で堪らない。

もちろんこれまでにも遠征に出かけることはあったが、ひと月もかかる遠征はなく、出かけてもせいぜい三日程度だった。

普段はリキャルドの帰りを待って、気が向いた時だけ抱かれるというリキャルド中心の生活を送っていただけに、彼が長期遠征に出かけている間、どう生活をすればいいのか、まるでわからなかった。

それにマティアスが積極的に話しかけてきたのや、先ほどのキスをどう受け止めればいいのか――。

ただの挨拶だと言われたが、マティアスに挨拶のキスをされただけで動揺してしまうなんて、自分はいったいどうしたのだろう?

それに『本当の自由』を教えると言っていたが、いったいなにを教えるというのか。

マティアスに教わることなど、なにひとつないのに。

(別に気にしなくてもいいわよ、ね……?)

とは思いつつもキスをされた口唇に触れると、リキャルドではなくマティアスの笑顔が浮かんでしまい、なにか罪悪感のようなものが湧き上がってくる。

思えばこの屋敷に来てからリキャルドとは挨拶のキスどころか、愛し合っている最中でさえ、キスをされたことはない。

もしもリキャルドの遠征中にマティアスが近づいてきたらどうしたらいいのだろう？

いつもどおりでいればいいと思うが、果たして自分にそうすることができるだろうか？

そんなことを思ったがすぐに頭を緩く振り、毅然《きぜん》とした態度を取ることを心に誓った。

先日バスルームまで送り届けてくれてから、それまで無関心だったのに声をかけられたり、ふと微笑みかけられたりして調子が狂っていたし、ここで気を引き締めていなければ、いつの間にかマティアスのペースに乗せられてしまいそうだった。

（マティアスには悪いけれど、今までどおりリキャルド様の帰りを待って、私は部屋でおとなしくしていればいいんだわ）

そう思ったら少しだけ気が楽になって、美しい薔薇の中をしばらく散策していると、ガラス越しにベントが温室へ向かってくるのが見えた。

「お寛ぎのところ失礼いたします。リキャルド様より差し入れです」

「リキャルド様から……？」

ベントは言いながらガーデンテーブルにコーヒーと共に、とても美しいショコラをセッティングしている。

オーグレーン王国ではショコラはとても珍しく、それこそヨルゲン王や一部の貴族しか口にできない金にも等しい嗜好品《しこう》だ。

「なんて可愛らしいのかしら」

菫《すみれ》の砂糖漬けが飾られたショコラが、白い皿にみっつも載っている。

それがリキャルドから贈られたと思うと嬉しくて、ヴィクトリアは微笑んだ。

「なんだか食べてしまうのがもったいないわ」

「遠征で寂しい思いをされるヴィクトリア様の為に、リキャルド様が取り寄せたショコラです。どうぞご堪能《たんのう》ください」

「リキャルド様が私の為に……」

自分の為にわざわざ取り寄せてくれたことが意外で、ヴィクトリアは目を瞬かせた。

生活するうえで必要なドレスや宝飾品を与えられてはいるが、こんなに素敵なプレゼントをもらうのは初めてのことで、どう捉えていいものか戸惑ってしまう。

「さぁ、コーヒーが冷めないうちにどうぞお召し上がりください」

ベントにガーデンチェアへ誘われて素直に座ったヴィクトリアは、まずは温かなコーヒーを飲んでホッと息をついた。

それからショコラを摘まんで口の中でゆっくりと溶かすように味わうと、ショコラの中にはスッとしたミントのガナッシュが入っていた。

「お味はいかがですか？」

「とても美味しいわ」

余韻があるうちにコーヒーを飲むとショコラの味がさらに引き立つようで、ヴィクトリアは三粒のショコラをゆっくりと味わう間に、けっきょくコーヒーを二杯も飲んだ。

そして美しい薔薇を眺めては、穏やかな時間を過ごしていたのだが――。

「コーヒーのおかわりはいかがですか？」

「あ……」

ベントに断りの言葉をかけようとしたのに、上手く発することができなかった。

そんな自分に戸惑っているうちに四肢が痺れてきて、胸の鼓動が速まるのがわかった。

「ヴィクトリア様？」

ベントが訝しげに顔を覗き込んできたのがわかったが、それに応えることもできずにテーブルに倒れ込む。

「ヴィクトリア様!?」

ベントの慌てた声と共にコーヒーカップが割れる音がした。

しかしそれを気にするより前に視界がだんだんぼやけてきて、ヴィクトリアはそのまま意識を失った。

＊　＊　＊

肌寒さを感じてふと目を開くと、そこは見慣れた自分のベッドルームだった。

温室で気分が悪くなった自分をベントが運んでくれたのかと、まだぼんやりした頭で考えながら腕を動かそうとしたのだが、頭上にある手はなぜか動かすことができない。

「え……」

なんとかして腕を戻そうとしたが、両手首が縛られていることに気づき、そこでハッと目覚めたヴィクトリアは、ドレスを脱がされていたことにも気づいた。

しかも目が覚めた途端に胸がまたドキドキして、秘所が燃えるように熱くなってきた。

「い、いや……なに……？」

縛り上げられていることや身体の変調に戸惑いつつも、ヴィクトリアはなんとか平静を保とうとしたが、ジッとしているだけでも秘所が潤ってくるのを感じた。

堪らずに脚を閉じ合わせて身体を波打たせていると、ふいに扉が開いてリキャルドがベッドに横たわるヴィクトリアを見下ろしてきた。

「目が覚めたか？」

「リキャルド様……私……」

息を乱しながらもリキャルドを凝視めてアメジストの瞳を揺らすと、ニヤリと嗤われた。

「身体が疼いて仕方がないだろう」

「ぁっ……」

脇をスッと撫でられただけで背筋がゾクゾクするほど感じてしまい、ヴィクトリアはつい心許ない声をあげた。

それを見てリキャルドは満足そうに嗤うと、既にツンと尖っている乳首をきゅぅぅっと摘まんでくる。

「やぁっ……ぁ……」

ほんの少し触れられただけだというのに蕩けるような声が洩れてしまい、秘所が疼いてさらに濡れてくるのがわかった。

雪のように白い肌もいつもより敏感になっていて、シーツが擦れるだけでも甘く感じてしまい、そんな自分の異変にヴィクトリアは瞳を潤ませる。

「リキャルド様……私なにか変なのです」

「そう怯えるな。あのショコラは美味かったか？」

「あっ、あ、ん……それはとても美味しかったですけれど……」

「あのショコラはな、南国の媚薬が入っていたんだ」

愉しげに嗤うリキャルドを見て、ヴィクトリアは信じられない思いで目を見開いた。

リキャルドから贈られたことに特別な意味がある気がして、よく味わって食べたが、まさか媚薬が入ったショコラだったなんて。

リキャルドの心遣いが嬉しかったのに、すべては白分を深い快楽に沈める為に用意された物だと思うと、なんだかとても悲しくなってきて、アメジストの瞳に涙が浮かんでくる。

「泣くほど好いのか？」

「ん、や……ひどいです、リキャルド様……」

胸を喘がせながらも詰《なじ》ってみたが、リキャルドは嗤うばかりで震える乳房をいつになく優しく揉みしだいてくる。

「おまえが怒るとは珍しい。なにが気に入らない」

「ん、ぁ……あ……リキャルド様が初めて贈ってくださって嬉しかったのに」

「フッ、そんなもの。これからおまえもいい思いをするのだからいいだろう」

「あっ……や、やぁっ……！」

ばかにしたように嗤われたかと思うと、乳房を掬い上げるようにして揉みしだきながら乳首をそっとくすぐられて、ヴィクトリアはあまりの刺激に仰け反った。

ただでさえ敏感になっているのに、乳首をいつになく優しく弄られるだけで堪らない愉悦が湧き上がってきて、少しもジッとしていられない。

しかし両手首を縛られてベッドのヘッドボードに繋がれている状態では逃げることもま

まならず、リキャルドのいいように弄られる。

「あっ、あ、んん……ぁ……あ……」

ぷっくりと膨らんだベビーピンクの乳首をまあるく撫でながらそっと擦り上げられるだけで、甘えた声がひっきりなしに口を衝いて出てしまう。

先ほどから燃えるように熱くなっている秘所も、乳首を弄られる度に蜜口がひくん、と息づいて、愛蜜が溢れてくる。

脚を閉じ合わせていても、くちゅっと淫らな音が聞こえるほど濡れそぼち、シーツに染みを作るほどだった。

それでもリキャルドは秘所には触れずに、乳房だけを愛撫してくるのだ。

「あぁっ……ん、ふ……リキャルド様っ……」

堪らずに潤んだ瞳で凝視めたがリキャルドは嗤うだけで、乳房を捏《こ》ねるように揉みしだいては、尖りきった乳首を指先で爪弾くように擦り上げてくるのをやめてくれない。

「いやあぁ……！」

速く擦り上げられる度に乳首から快美な感覚が湧き上がってきて、同時に秘所も甘く疼いてしまう。

思わず脚を摺り合わせて堪えようとしても堪えきれるものではなく、ヴィクトリアはシーツの上で身を捩《よじ》らせた。

しかしリキャルドの指はどこまでもついてきて、両の乳首を摘まみ上げてくる。

「い、いやぁ……あっ、あぁ……」

媚薬のせいかいつもよりも感じてしまい、ヴィクトリアは乳首を弄られる度に身体をびくん、びくん、と跳ねさせた。

それこそ乳首をこうして弄られるだけで極めてしまいそうで、愉しげに見下ろすリキャルドを熱く凝視めた。

「あ、んん……リキャルド様、このままでは私……」

それ以上は言えずに背を仰け反らせたが、リキャルドはそれが気に入らないとばかりにさらに執拗《しつよう》に乳首を捏ねてくる。

「まさかこの程度で達くというのか？」

「あ、ん……ですが……」

まだ達くことは許されない雰囲気に、ヴィクトリアは脚を閉じ合わせて堪えようとした。

それでも媚薬の効果は絶大で身体をぶるりと震わせて息を乱していると、リキャルドはようやく乳房への愛撫をやめて、ヴィクトリアの脚を大きく開いた。

「あぁ……」

あられもない格好に羞恥を感じたが、秘所は早く触れてほしいとでもいうように息づき、蜜口がひくん、と物欲しげに開閉してしまう。

包皮に守られていた秘玉も昂奮に顔を出し、リキャルドの指を待ち焦がれていた。

「フッ、もうこんなに濡れていたのか。媚薬というのも案外効くものだな」

「あん、んっ……あまり見ないでくださぃ……」

しげしげと凝視められるのが恥ずかしくて脚をそっと閉じようとすると、それを察したリキャルドにさらに大きく広げられた。

そしてなんの前触れもなく、蜜口に揃えた指を埋められて——。

「やあぁぁ……！」

媚壁を一気に擦り上げられる刺激に、ヴィクトリアは猥りがわしい悲鳴をあげた。

同時にリキャルドの指をひくん、ひくん、と締めつけながら達してしまい、四肢を強ばらせていたのだが、指を烈しく抜き挿しされて、何度も何度も深い絶頂を味わった。

「あぁん、あっ……ぁ……あぁっ、あ、ん……」

「何度達っても足りなさそうだな。指だけでは寂しいだろう」

「あ、ん……」

きゅうきゅうと締めつけていた指を引き抜かれて思わず物足りなさそうな息をつくと、リキャルドはトラウザーズを寛げて猛る淫刀を見せつけてきた。

そしてヴィクトリアの脚に手を掛けて、なんの躊躇もなく一気に貫いてくる。

「あぁ……ぁ……っ……」

熱い楔で最奥まで満たされた瞬間は息も止まってしまったが、媚薬に冒された身体はそれをあっさりと受け容れてしっとりと絡みついた。

いつも以上に脈動するリキャルドの熱を心地好く感じてしまい、身体を仰け反らせて感じ入っていると、すぐにずくずくと突き上げられる。

「あっ、あぁ、あん、んっ……」

最奥をつつかれる度に蕩けるような声が洩れて、リキャルドの猛る熱に媚壁が絡みつく。

それがリキャルドにも心地好いようで、中でびくびくっと反応するのが堪らなく好い。

思わず締めつけるとリキャルドはそれを狙いすましたように烈しく穿ってきて、ヴィクトリアは不自由な身体を仰け反らせて深い快楽に浸った。

「あん、んっ、ぁ……あっ、あっ、あっ、あ、ん……」

張り出した先端が隘路を行き来しながら最奥をつつく度に四肢まで痺れてしまい、そのくせ身体は快感に強ばる。

そんなヴィクトリアをリキャルドは容赦なく穿ち、くちゃくちゃと呆れるほど淫らな音がたつくらい烈しい抜き挿しをしてくる。

「あぁ……は、あっん、んっ、あっ……リキャルド様……」

脚を折り曲げられて秘所を無防備に曝す格好で、さらに密着して腰を使われると、全身が火照《ほて》ってくるほど感じてしまい、先ほど達ったばかりだというのに身体がまた徐々に上り詰めていく。

「んやぁ……あん、んっ、ぁ……あっ、あぁん、あっ、あぁっ……」

「おまえは本当にこの体位が好きだな……」

「いや、あん、言わないでくださぃ……」

指摘された途端に蜜口がきゅんと締めつけてしまい、リキャルドに嗤われた。

それが恥ずかしいのにその体位で突き上げられるとどうしても感じてしまい、そのうちに自分がなにを言っているのかわからなくなった。

「あ、んん……あん、やっ、やぁっ……はん、んっ……んやぁ……」

「淫乱のおまえらしくいい顔をする……男をそそる魔性の顔だ」

「あぁ、そんな……」

言葉で辱められるのが屈辱なのに、身体はますます燃え立つように熱くなり、媚壁がリキャルドの淫刀にしっとりと吸いついてもっと奥へと誘おうとする。

そんなヴィクトリアを嗤ったリキャルドはさらに烈しい律動を繰り返し、ヴィクトリアから甘い声を引き出す。

「あぁん、あ、ん……あっ、あっ、あっ、あ……！　あぁっ……！」

最奥をつつかれる度に腰が浮き、リキャルドの動きに合わせて淫らに躍ってしまう。

そんな自分の淫らさにリキャルドが呆れているのではないかと潤んだ瞳で見上げてみる

と、目を細めたリキャルドに腰を摑まれた。

その途端にこれ以上ないというほどリキャルドが密着して最奥を突き上げてきて、そのあまりの快感にヴィクトリアは目を見開いた。

「あぁぁあぁぁ……！」

「さぁ、なにが欲しいか言ってみろ……」

「んぅっ……あっ、あぁん……」

「喘いでばかりいないで早く言え」

ずくずくと突き上げる速度を増しながら淫らな言葉を要求されて、ヴィクトリアは喘ぎながらも涙目でリキャルドを凝視めた。

「言えと言っている」

淫らなことを言うのは躊躇われたが、言わなければさらなる荒淫が待ち受けていると思うと恐ろしくて、ヴィクトリアは震える口唇を開いた。

「ぁ……んん、お願いです……早く私の中で達ってくださ……」

言った途端に媚壁がリキャルドにしっとりと吸いつき、きゅうぅっと締めつけた。

すると中にある熱い楔がびくびくっと反応をして、最奥を穿ってきて——。

「あ、やっ……やあぁぁ……っ……！」

最奥に熱い飛沫を浴びせられた瞬間にヴィクトリアも達してしまい、リキャルドをきゅうきゅうと締めつける。

その度に残滓を浴びせられて、受け止めきれなかった白濁が蜜口から溢れてきた。

リキャルドはすべてを出し尽くすと一気に抜け出ていき、ヴィクトリアは持ち上がっていた腰をベッドに落として胸が上下するほど息を乱し、烈しい交わりの余韻に浸っていたのだが、頬をピシャリと叩かれて恐る恐る見上げた。

するとリキャルドは残忍な笑みを浮かべて、目の前に禍々しいクリスタルのディルドを差し出してきた。

「……っ…」

それを見た途端にヴィクトリアは息をのみ、肌を粟立たせせた。

リキャルドと同じくらい長大で反り返ったクリスタルのディルドは、先端の括れや陰茎の血管まで忠実に模してあり、また媚壁を刺激する為に表面がザラザラしていて、まだ交わりに慣れていない頃によく使われた物だった。

「休んでいる暇はないぞ。次はこれで何度でも達くといい」

「い、いや……お願いです、それだけは……」

「黙れ」

首を振っていやがる素振りを見せた途端に、なんの容赦もなく頬を叩かれた。

「まだ足りないだろう？　遠慮しないで舐めろ」

「んぅっ……っ……！」

怯えるヴィクトリアの口の中にディルドをねじ込み、リキャルドは愉しげに嗤う。

あまりの冷たさに思わず身が竦んだが、口で温めなければつらいのは自分だとよくわかっているヴィクトリアは、無理やり頬張らされたというのに必死になって舐めた。

「ん、んっ……ん……」

「しゃぶるのもすっかり慣れたものだな。俺が遠征中はこれで慰めていろ」

「んっ……ぅ……」

ヴィクトリアは涙目になって、おもしろそうに嗤うリキャルドを見上げた。

それでも口は休めずにディルドを舐めているうちに、クリスタル特有の冷たさがなくなり、最後に先端を舐めて舌で押し出した。

しかしリキャルドはそんなヴィクトリアを責める訳でもなく、たっぷりと濡れたディルドを目の前に翳《かざ》す。

「フッ、ずいぶんと念入りに舐めたな。見てみろ、滑りそうなほどだぞ」

「お願いです……早く挿れて……」

そうやって眺めているうちにもまたクリスタルが冷たくなるのが恐ろしくて、ヴィクトリアは自ら進んで淫らな願いを口にした。

「ならば脚を開け」

「は、はぃ……」

素直に従って脚を開き、来るべき時を待って緊張していると、蜜口にディルドの先端が触れてきた。

「……っ…」

必死で舐めて温めたというのに外気に長く触れたせいでクリスタルはまた冷たさを取り戻し、蜜口に触れた瞬間に身が竦んでしまう。

しかしリキャルドは容赦なくディルドを押し込んできて、そのあまりの冷たさに身体が仰け反った。

「いやあぁぁ……！」

まるで氷の塊のような冷たいディルドを最奥まで一気に埋められて、思わず悲鳴をあげるヴィクトリアを見ても、リキャルドは嗤うばかりで乱暴に抜き挿しする。

「しっかり咥え込んで、とてもいやがっているようには見えないぞ」

「んっ、んや……っ……ぁ……あぁっ！」

長い髪を振り乱して違うと訴えるが、リキャルドはいつもどおり容赦がなかった。

くちゅくちゅっと粘ついた音をたてながら浅い場所を出入りしたかと思うと、ヴィクトリアの不意を衝いて一気に突き上げてくる。

「ひあ……あっ、あぁっ、あっ、あぁっ……！」

その予測不能な動きに身体が悲鳴をあげるように撓《たわ》み、つま先がくぅっと丸まる。

それでもリキャルドは構わずにディルドを抜き挿ししてヴィクトリアを穿つ。

「あぁっ……あっ、あん、や、やぁっ……あ、あっ……あっ……！」

最初は鋭い声で喘いでいたヴィクトリアだったが、媚薬の効果もあるのか硬い括れやザラザラとした感触がそのうちに好くなってきて、声が次第に甘さを帯びてきた。

それに気づいたらしいリキャルドは、まるで円を描くようにディルドで媚壁を掻き回して、くちゃくちゃと淫らな音がたつほど烈しく動かす。

「あぁ、あん、は……ぁ、あっ、あっ、あっ、あ、んんっ……！」

すっかり蕩けている媚壁を掻き混ぜられる度に、頭の中で白い閃光が瞬く。

乳房が上下にたぷたぷと揺れるほど烈しく穿たれると堪らなく好くなってきて、ディルドの動きに合わせて腰が揺らめいてしまう。

それが恥ずかしいのに長年調教された身体は、快楽を求めてしまっていた。

「んっ……あ、ん……」

つつかれる度に腰を突き上げていたヴィクトリアだったが、あまりの心地好さに次第に意識が薄れてきた。

必死で意識を保とうとしても穿たれる度に視界が次第に白く霞んできて、身体からふと力が抜けたと思った次の瞬間、そのまま意識を飛ばしたのだった。

＊＊＊

頬を優しく包み込まれる感触に、ヴィクトリアはふと目を開いた。

しかし本格的な覚醒には至らずに寝返りを打った時、身体が自由になっていることに気づいてハッと目が覚めた。

慌てて自分の身体を見てみればいつの間にかネグリジェを着せられていて、シーツも新しい物に替えられている。

身体も清潔な状態で、温かなフェザーケットを掛けられていることも不思議に思った。

手首を見てみれば縛られた赤い筋が残っていて、リキャルドと確かに交わった痕跡がまざまざと残っていたのだが、まさかリキャルドに限ってこんなふうに身体を清めて、ベッドメイキングをしてくれたとは思えない。

だとしたらいったい誰が自分を介抱してくれたのだろう。

そんなことをぼんやりと思った時だった。

「……っ！」

髪を掬い上げられる感触に恐る恐る振り返ると、そこにはマティアスがなんの気配もなく座っていた。

あまりにも驚いて声も出せずにいると、マティアスがプラチナブロンドの髪にキスをしてきてぎくりとした。

「ようやく気づいた？　身体は大丈夫？」

「え、えぇ……」

キスをされている髪を取り戻しつつ平静を装って起き上がろうとすると、マティアスはさりげなく支えてくれて向き合った。

「お腹は空いてない？　軽食を持ってこようか？」

「いいえ、それよりこの部屋から出て。リキャルド様がこんな場面を見たら……」

リキャルドが激高しそうで早く出ていってほしかったが、マティアスはふと微笑んでベッドに手をついた。

「兄さんならもう遠征に出かけたから大丈夫だよ」

「そんな……私ったら見送りもしないで……」

婚約者なのに一ヶ月もの長期遠征を見送りもしないで寝ていたなんて、不義理をしてしまったことに落ち込んでいると、マティアスは元気づけるように頭を撫でてきた。

「ヴィクトリアが落ち込むことはない。もともとは兄さんが酷《ひど》いことをして、長いこと意識をなくしてたんだし」

まるでリキャルドとの間にあった出来事を知っているような口ぶりに、ヴィクトリアは青褪《ざ》めた。

　もしかして身体を清めてくれたりネグリジェを着せてくれたり、ベッドメイキングの指示を出してくれたりしたのは、惨状を見たマティアスなのだろうか？

「あ、あの……私を介抱してくれたのはマティアス？」

「頬も腫れていたし、縛り上げられてあんな物を半分挿れたまま意識をなくしてたから」

　あっさりと認められただけでなく、縛り上げられてディルドを半分挿れた格好で意識を飛ばしていた自分を介抱してくれたのだと思うと、マティアスをまともに見られなくなり、ヴィクトリアは長い睫毛《まつげ》を伏せた。

「ヴィクトリアが恥じることはないよ。ただ、まさかあそこまで酷いことをしてるなんて思ってもみなかった」

「お願い、もう忘れて……」

「ヴィクトリアが忘れてほしいなら忘れる。兄さんには殺意を覚えたけどね」

「滅多なことを言わないで」

　いつもとは打って変わり饒舌なマティアスが恐ろしいことを軽く言うのに驚いて、ヴィクトリアは目を瞠《みは》った。

　聞き間違いかとも思ったが、今確かに物騒なことを言ったマティアスが信じられない。

「俺は本気だけどね」

「え……？」

「なんでもない」

小さな声で呟いた声が聞き取れなくて首を傾げたが、ただ薄く微笑まれて誤魔化された。

それが気になって睨んでみたがマティアスは答えるでもなく、頬を包み込んでくる。

「そんな顔で睨んでも可愛いだけだよ」

「か、可愛い……!?」

「うん、ヴィクトリアは可愛い」

「……年下のくせに生意気なこと言わないで」

思いのほか真面目な顔で可愛いなどと言われて、少し動揺しながらもヴィクトリアはツン、とそっぽを向いた。

するとマティアスがクスッと笑う気配がして、なんだかいたたまれない気分になる。

しかしマティアスはそんなヴィクトリアなど気にもせずに、また長い髪を掬い上げてキスをしてきて——。

「そうやって怒ることを思い出すといいよ。兄さんがいない間に、俺がヴィクトリアの洗脳を解いてあげるから」

「私は洗脳なんてされてないわ」

マティアスの手を払って髪を取り戻したヴィクトリアは、強い視線を向けた。

以前にも言われたが洗脳などされた覚えもないのに、変なことを言わないでほしい。

それでもマティアスはそんなヴィクトリアの視線などものともせずに、薄く微笑む。

「まだ兄さんの影響が強く残ってるから、朝陽が昇るまでゆっくり休むといいよ」

いきなり近づいてきたかと思ったら頬にチュッとキスをされてしまい、ヴィクトリアは慌てて頬を覆った。

「なにをするの」

「ただの挨拶だって言っただろ。それじゃ、おやすみ」

マティアスが去っていく後ろ姿を凝視めていたヴィクトリアは、彼が扉を閉めた途端に肩からホッと力を抜いた。

(なんで急に私に近づこうとするのかしら？)

リキャルドの婚約者でなければ両親への援助が途切れてしまうというのに、マティアスに近づいてこられても困るだけだ。

それに洗脳を解くだなんて言っているが、仮に洗脳をされているとしても、いったい誰に洗脳をされたというのだろう？

(だめよ、マティアスのことは無視しようとしてたのに)

強くあろうと思ったのに、すっかり彼のペースに振り回されている自分に気づき、ヴィクトリアは軽い自己嫌悪に陥った。

それに手首を縛り上げられてディルドを挿れられた格好をマティアスに見られたかと思うと、今さらながらに顔が赤くなってくる。

もちろん夕食の席に自分がいないのを心配して様子を見に来てくれたのだと思うが、よりにもよっていつもより烈しい交歓《こうかん》の名残《なごり》を見られてしまったなんて。

(どんな顔をして朝食の席に着けばいいのかしら)

今さらという気がしなくもないが、なんだか弱みを握られたような気分になって、ベッドに横になってもなかなか寝付けない。

それに頬にキスをされた感触がなかなか消えなくて、ヴィクトリアは再び頬を覆った。

(……リキャルド様はしてくださらないのに)

愛し合う時にくちづけをしてもらえないことが気になって、つい重いため息が洩れる。

いや、愛し合う時でなくてもいい。

挨拶のキスを交わしていたらもう少し安心していられたのに、それすらしてもらえずにいる現状を思うと、愛されている実感がますます持てなくて寂しい気分になった。

(なにを考えているの。これじゃマティアスの思うつぼだわ)

つい考え込んでしまった自分にハッと気づき、ヴィクトリアはフェザーケットに潜り込んで無理やり目を閉じて眠る努力をしたのだが、けっきょく空が白々と明けるまで眠れない時間を過ごしたのだった。

＊第四章　微睡みの刻＊

温室を散策していたヴィクトリアは、色とりどりの薔薇にそっと触れながら微笑んだ。

リキャルドが長期遠征へ出かけて今日で五日目となり、彼がいない生活にも少しずつ慣れてきて、それなりに充実した日々を過ごしていたのだが――。

（どうしてマティアスは……）

マティアスのことを考えると憂鬱な気分になって、ヴィクトリアは重いため息をついた。

一緒に過ごす時間が自然と増え、話しかけられるまま受け答えしているが、二人きりの時間には未だに慣れていなかった。

といってもマティアスが仕掛けてくるのはキス程度で、それ以外はなにもされてない。

それなのに彼といると、なんだかそわそわとして落ち着かなかった。

意識しすぎかもしれないが、気づくとマティアスに凝視められているような気がする。

できるだけ気づかないように振る舞ってはいるものの、目が合うと微笑みかけられてしまい、それに微笑み返すこともできずに戸惑うばかりだった。

もしもベントがそのことをリキャルドに報告したら、援助を絶たれてしまうかもしれないと思うと気が気ではなく、できるだけ避けるようにしているが、あれだけ無関心でいたのが嘘のように、マティアスは王宮への出仕から帰るとヴィクトリアの傍にいるのだ。

そしてヴィクトリアが警戒していても擦り寄ってきて、ふい打ちで口唇を奪っていく。

やめてほしいと言ってもやめてくれず、この五日でもう何度口唇を奪われたことか。

マティアスは挨拶だと言うが、キスをされる度にそれが濃密なものになっている。

今朝も出かける際に逞しい胸の中に包み込まれて、逃げることもままならずにキスを受けたのだが、柔らかく吸われるだけでなく、まるで口唇を食むように合わせられてしまい、腰が砕けそうになってしまった。

(……まだ感触が残っているみたい)

自らの口唇に触れて、ヴィクトリアは頬をほんのりと染めた。

挨拶ならまだいいが、マティアスのキスはまるで恋人に対するくちづけのようで、とても優しくて慈しむようなキスなのだ。

そんなくちづけを受けたことのないヴィクトリアは、マティアスにキスをされる度にドキドキしてしまい、どう振る舞えばいいのかわからなくなってしまっていた。

(私にはリキャルド様という婚約者がいるのに、なにを考えているの)

マティアスとのキスばかり考えている自分にハッと気づき、ヴィクトリアは頭を振った。

気がつけばマティアスのことを考えている自分が信じられない。

リキャルドの婚約者だからこの屋敷にいられるというのに、酷い裏切りだ。

マティアスと密通していると使用人に勘違いされたら、追い出されるかもしれない。

両親のことを思えばここから追い出される訳にはいかないし、なんとしてもリキャルドに好きになってもらわなければいけないのだ。

だからなにがなんでもマティアスのペースに乗せられる訳にはいかない。

(もうマティアスに隙なんて見せないわ)

心に固く誓ったヴィクトリアは、気持ちも新たに淡いピンク色の薔薇を摘んで茎から棘《とげ》を取り、バスケットに入れていく作業を続けた。

そうしてバスケットいっぱいに薔薇を摘んだところでベントが温室へやって来て、ガーデンテーブルにお茶とクッキーをセッティングし、ヴィクトリアが来るのを待っていた。

「お気に入りの薔薇は摘めましたか？」

「ええ、この薔薇を私の部屋とリビングに飾ってくださる？」

「かしこまりました。さぁ、お疲れでしょう、ローズティーを飲んでお寛ぎください」

バスケットを受け取ったベントに勧められるままガーデンチェアに座り、薔薇のジャムがたっぷりと入ったローズティーをひと口飲んでホッと息をついた。

「リキャルド様は今頃どこにいるのかしら？」

「海沿いから国境を順に視察されるとのことでしたので、沿岸を北上されている頃かと」

「ご無事だといいけれど……」

まだ本格的ではないものの、初冬の海風はもう刺すように冷たい筈だ。

国境は雪山にもあり、寒さと危険が常にある状況での視察で、極限状態の遠征なのだ。

「リキャルド様でしたら必ずやご無事な姿でお戻りになります」

「ええ、そうよね」

「では私はせっかくの薔薇がしおれないうちに飾ってまいります」

温室を出ていくベントに微笑んで、ヴィクトリアはティーカップを傾けた。

そして美しい薔薇を眺めては、優雅な時間を過ごしていたのだが――。

「ふぅん、そんなに穏やかな表情《かお》もできるんだ？」

いきなり声をかけられたことに驚いて、ティーカップを取り落としそうになった。

慌てて振り返ってみればそこには王宮へ出仕した筈のマティアスの姿があり、ヴィクトリアは不思議に思いつつも身構えた。

「マ、マティアス。どうしてここに……？」

「そんなに警戒しなくてもいいだろう？」

笑いながらそう言ったかと思うとマティアスは向かいの椅子に座り、さも当たり前のようにヴィクトリアのティーカップに口をつけた。

「あ……」

甘いローズティーを飲むマティアスを見ていたらなんだか気恥ずかしくなった。

人の物に平気で口をつけるなんて、まるで仲睦まじい恋人同士がする行為のようだ。

「どうかした？」

「い、いいえ。なんでもないわ。それよりどうしてこんなに早い時間に戻ってきたの？」

「王宮へは出仕したよ。けど今月は年に一度の納税の管理があるからね」

オーグレーン王国で一番栄えている公爵家ともなると領地は広大で、農民と猟師と酪農家、それに漁師や観光業に携わっている各家庭が持って来る金品を、リキャルドに代わってひとつずつ検品しないといけないのだとマティアスは言う。

確かに年に一度の納税の月は、リキャルドも多忙で王宮へ行かない日があったことを思い出し、そこは一応納得したのだが。

「忙しいのなら私に構わないでどうかお仕事をしてちょうだい」

「酷いな、おかえりの挨拶もしてくれないで仕事をしろだなんてさ」

「挨拶ならもうしたわ」

身の危険を感じて席を立とうとしたところで、それを察したマティアスに手首を摑まれ、気がついた時にはその腕の中へすっぽりと抱きしめられていた。

「放してっ……！」

逞しい胸の中に包み込まれてしまい動揺しながらも身を捩ったが、思いのほか力強い腕に抱き竦められて身動きが取れない。

困り果てて見上げればマティアスはクスクス笑って、そんなヴィクトリアの目尻にチュッとキスをしてくる。

「マティアス……！」

非難を込めて声を荒らげたが、マティアスは一向に気にした様子もなく頬にもチュッとキスをしてヴィクトリアの身体を強く抱きしめてくる。

「んっ……い、いや……！」

「そんなにいやがらなくてもいいだろう。ただの挨拶なんだから……」

顎に指を添えられて上向かされたかと思った時には、口唇をしっとりと塞がれていた。

振り解こうとしてもマティアスの口唇はどこまでも追ってきて、チュッと優しく吸っては口唇をそっと舐めてきて、そのゾクゾクするような甘い感覚にヴィクトリアはまともに立っていられなくなり思わず縋《すが》りついた。

そんなヴィクトリアにマティアスはふと微笑み、細い身体を抱き込んで、まるで大丈夫だというように背中を撫でてくる。

その間もキスは続き、甘く痺れるような感覚に口唇を開くと、こともあろうにマティアスはヴィクトリアの舌先にそっと触れた。

「あっ……っ……」

ほんの一瞬ではあったものの、舌に触れられた途端に腰が砕けてしまう。

マティアスがしっかりと抱き込んでいたおかげで、床へ倒れ込まなかったのは幸いだったが、快感を覚えてしまった自分が信じられず、ヴィクトリアは縋っていた厚い胸に手を突っぱねて口唇を振り解いた。

「どうして……こんなの挨拶のキスじゃないわ……」

息を乱しながらも見上げると、マティアスはふと微笑んでおでこをくっつけてくる。

まるで大事にされているようで不覚にもドキッとしてしまったが、それでもみっつも年下のマティアスに振り回されているような気分になり、すぐに離れた。

「俺とのキスは嫌い？」

単刀直入に訊かれて一瞬だけぐっと詰まったものの、ヴィクトリアは頬を真っ赤に熟れさせながらも怒った顔でそっぽを向いた。

「き、嫌いよ。もしも誰かに見られたらどうするつもりなの」

「誰かに気づかれなければいいんだ？」

「違うわっ。私が言いたいのはそういうことじゃなくて……」

論点をすり替えられ、怒って見上げたところで口唇に指を当てられて思わず押し黙った。

するとマティアスはまた口唇に触れてから、まるで悪戯《いたずら》が成功した子供のように笑った。

「ちょっ……マティアス！」

「おっと、冗談だよ。じゃあまた夕食の時に」

手を振り上げたところで解放され、マティアスは背を向けて温室を去って行く。

それを見送ったヴィクトリアは、マティアスが温室を出てからハッと我に返り赤面した。

「なにが冗談なのよ……」

ガーデンチェアに座り込み、ヴィクトリアは赤くなった頬を覆った。

あんなキスを仕掛けておいて、冗談のひと言で済ませるなんて本当にたちが悪い。

かといって本気になられても困るが、挨拶のキスで舌を入れるなんて聞いたことがない。

しかもそのキスで腰が砕けてしまった自分を、どう取り繕えばいいのか——。

（まだ痺れてるみたい……）

さんざん吸われた口唇にマティアスの感触が残っていて、思わずそっと触れた。

その途端にぞくん、としてしまい、なんだかリキャルドを裏切っている罪の味がして、心許ない気分になってきた。

（私はリキャルド様の婚約者なのに……）

どうしてマティアスはそんな自分に対して、あんなキスを仕掛けてくるのだろう？

冗談だと言っていたが、果たして冗談で舌まで舐めるようなキスをするだろうか？

（いいえ、やっぱり今までのキスは、ただふざけていただけよ）

なにか考えてはいけないことを考えつきそうになって、慌てて自分に言い聞かせた。

そして感触を消し去るように口唇を拭ったヴィクトリアは、そこで重いため息をついた。

（けっきょくまたマティアスのペースに乗せられちゃったわ……）

心に固く誓ったというのに、いざマティアスを前にすると上手くいかないことが悔しい。

昔はもっと素直な少年だったのに、いつの間にこちらが翻弄されるようになるなんて。

思春期のマティアスを知っているだけに、振り回されることがなんだか少し複雑だ。

もちろん屋敷に留まっているだけの自分とは違い、騎士となっていろいろな社会勉強を積んでいるマティアスのほうが、よっぽど世慣れしているのは充分わかっているが、可愛い義弟相手にドキドキさせられる日が来るとは夢にも思わなかった。

（リキャルド様さえ傍にいたら、こんなふうに思い悩まずに済んだのに）

そう思ったら無性にリキャルドに会いたくなってきた。

乱暴に扱われるのはつらいが、一緒にいたらマティアスも変わらずにいたに違いない。

（お願い、リキャルド様。早く帰ってきて）

このままではマティアスのことばかり意識してしまいそうな自分が恐くて、そう願わずにはいられないヴィクトリアだった。

＊　＊　＊

寒さの厳しいオーグレーン王国では熱を蓄える為に、食事の摂取は重要とされている。味付けもしっかりとしていて、油脂分の多いこってりとした料理が多いが、トナカイのステーキはあっさりしていて軟らかく、コケモモのジャムを添えて食べると頬が落ちてしまいそうなほど美味しくてヴィクトリアの好物だった。

今も軟らかな肉にナイフを入れ、ジャムを添えて最後のひと口を食べたところでふと視線を感じ、ヴィクトリアは気にしていない素振りでマティアスを見た。

「なに？」

「ヴィクトリアはさ、愛ってどういうものだと思う？」

「なに、突然……」

既に食事を終えているマティアスの質問に、ヴィクトリアはカトラリーを動かす手を止めて眉を顰めた。

あまりにも漠然とした質問にどう答えたものか悩んでしまい、けっきょく黙り込んでいると、マティアスはふと微笑んでウォッカを手にした。

「ヴィクトリアにとって愛ってなにかなぁって、ずっと疑問に思ってたんだ」

グラスを目線まで持ち上げたマティアスに瞳を凝視められながら問われて、ヴィクトリアは話を逸らすこともできずに考え込んだ。

自分にとって愛とは無条件に与え、そして与えられるもので、両親との間に存在していたものが愛なのだと思う。

しかしマティアスが問うている愛はたぶん家族愛ではなく、男女の間に成立する愛のことなのだろう。

それを思うと途端にわからなくなる自分がいて、ヴィクトリアは長い睫毛を伏せた。

男女の間に育まれる愛を想像したことはもちろんある。

愛とはとても甘くて心が蕩け、ごく自然と相手を尊敬し合ってお互いを慈しむことができるような感情なのだと思うのだが、愛された記憶のないヴィクトリアはそれを断言することができなかった。

その次にリキャルドと愛し合っているのかと問われたら、なにも言えなくなりそうで。

「黙り込んでどうしたのさ。ヴィクトリアは愛がわからないの？」

「そ、そんなことないわ」

薄く微笑むマティアスに、つい反論してしまってから思いきり後悔した。

それでも自分はリキャルドに、精一杯の愛を捧げているつもりだ。

（捧げているだけ……？）

思わず心の中で呟いた途端に、なんだか違和感を覚えた。

愛という甘い感情を持たないリキャルドを愛するよう努力はしているが、果たして努力をしてまで愛するのは、愛と言えるのだろうか？

そう思ったらなんだか足許から掬われるような虚無《きょむ》感が襲ってきて、心の中にぽっかりと穴が空いた気分になった。

それにリキャルドだけが悪い訳ではないようにも思う。

自分が愛を捧げているのは、両親が生活に困窮しないようリキャルドに援助をしてもらう為なのだ。

（あ……）

そこで自分の打算的な愛にも気づかされて、ヴィクトリアは愕然《がくぜん》とした。

愛されている実感がないと常々思ってきたが、これでは無条件に愛される訳もない。

そう思ったら押しつけがましく愛していると思い込んでいた自分に嫌気が差して、愛を説くことなんてできなくなってしまった。

「……私には愛を語れないわ」

「そんなに落ち込んだ顔をしなくてもいいのに。でもなんとなくヴィクトリアの考えてることはわかった」

「私の考えていること？」

「うん、どうせヴィクトリアのことだから、兄さんに愛されないのは自分のせいだと思ってるんだろう？」

ずばりと指摘されてしまい、ヴィクトリアは押し黙るしかなかった。

まさに自分の愛し方が不純すぎると思っていた矢先だったこともあり、言葉にされると余計にそう思えてくる。

「やっぱり。けど俺はなにもヴィクトリアを責めている訳じゃないよ。あれだけ酷い扱いを受けているのにそれでも愛そうとするなんて、まさに無償の愛だよね」

「いいえ、変な慰めはしないで」

無償の愛どころか両親への援助の為に愛を捧げていることに気づかされて、自分がいかに至らないか思い知った今、マティアスの言葉が鋭い棘のように胸へ突き刺さり、ヴィクトリアはカトラリーを静かに置いた。

「デザートを持ってこさせようか？」

「今日は遠慮しておくわ」

すっかり食欲も失せてしまって席を立つと、マティアスも席を立ち、ごく自然と腰に手を添えてきた。

それでもそれを振り払う気力もなく自室へと送り届けられたかと思うと、マティアスが部屋に備え付けられているナイトキャップ用のデザートワインを差し出してきた。

しかし酒を嗜まないヴィクトリアは首を横に振り、ソファに座って重いため息をついた。

「なにか悪いことを訊いちゃったかな」

「いいえ、マティアスのせいじゃないわ」

「ならいいけど、俺が理想としてる愛の形について興味はない？」

「マティアスの理想の愛……？」

いったいなにが本当の愛なのかわからなくなっている今、是非とも聞きたいと思って見上げると、マティアスはふと微笑んで隣に座った。

そしてソファへ身体をゆったりと預け、少し遠くを見るような目つきで前を向いた。

「俺の理想はね、お互いしか見えないくらいに慈しみ合って、永遠を共に生きたいと思えるほどで、心の深いところから自然と溢れ出てくるような愛なんだ」

「心の深いところから……」

少々一途すぎるような気がしなくもないが、心の深いところから自然と溢れ出てくる愛情というのはヴィクトリアも理解できたし、そうありたいと思った。

「そう、自然と湧き上がってきて、誰にも……俺自身でさえ止められなくて持て余すくらいなんだ」

「……っ…」

膝に置いていた手を取られたかと思うと手の甲にチュッとキスをされて、胸の鼓動が跳ねるのを感じた。

まるで自分に対する愛が溢れているのだと言われているように感じてしまい、凝視めてくるマティアスを直視できない。

「俺の気持ちはわかった？」

「……か、考え方はわかったわ。そろそろシャワーを浴びて寝るから悪いけれど出ていってくれる？」

言葉を慎重に選んで答え、凝視めてくるマティアスから手を取り戻した。

とにかく話を早く切り上げなくてはならない気がして席を立つと、マティアスも遅れてソファから立ち上がる。

「そうだね、俺もシャワーを浴びてくる」

「ええ、それじゃおやすみなさい」

扉が閉まるまで見送ってから、ヴィクトリアはドキドキする胸を押さえた。

マティアスの言葉を思い出すだけでこんなにも胸が騒ぐなんて、自分はいったいどうしてしまったのだろう？

しかしそれを深く突き詰めたらいけない気がして、ついマティアスのことを考えてしまいそうになる自分を正気に戻そうと、急いでバスルームへと向かった。

そして温かなシャワーを浴びてホッと息をついたのだが――。

（どうしてあんなことを言い出したのかしら？）

シャワーを浴びている間もマティアスのことが頭から離れずに、ヴィクトリアはため息をついた。

こともあろうに義姉になる自分の手にキスをしながら、あんなことを言うだなんて。

それに自分もマティアスの言葉や行為にドキドキしてしまうなんて、どうかしている。

しかしリキャルドにはない優しさを、惜しげもなく与えてくれるマティアスが気になり始めている自分も確かにいた。

（違う。私はマティアスのことなんか気にしていないわ）

そう自分に言い聞かせなければマティアスに心が傾いてしまいそうで、ヴィクトリアはすべてを忘れようと努力をした。

なんといっても両親への援助を絶たれる訳にはいかないのだ。

とても不純な動機ではあるが援助をしてくれるなら、この身をリキャルドに捧げる覚悟はできている。

たとえそこに愛がなくてもいいと自分を納得させようとしたが、ふと口唇に触れた瞬間にマティアスの優しいキスを思い出してしまった。

（……そういえば今夜はおやすみの挨拶をされていないわ）

この頃はキスをしてくるのが当たり前になっていたのに、なにもしないで去っていったのは、どうしてなのだろう？

もしかしたら自分の意志が固いと知って、もう諦めたのだろうか？

そう思うと途端に寂しい気持ちになってきて重いため息をついたのだが、そんな自分に気づいてまた首を横に振った。

（違う、違うわ。これで良かったのよ）

マティアスはただの可愛い義弟で、それ以外のなんでもない。

そのスタンスは昔から変わらない筈なのに、リキャルドが遠征へ出かけている間にマティアスに優しくされただけで、それをあっさりと覆すほど自分は安くない筈だ。

（そうよ、リキャルド様を利用している私が愛されなくても当たり前のことじゃない。マティアスの甘言に心を揺さぶられている場合じゃないわ）

自分がどんなに打算的か思い知らされた今、マティアスを気にしてはいけないのだと心に誓い、ヴィクトリアはシャワーを止めて身支度を整えた。

そしてバスルームからベッドルームへ移動したのだが、ベッドにマティアスが座っていることにぎくりとした。

「どうして……なんで無断でベッドルームにいるの？」

「俺もシャワーを浴びてくると言っただけで、もう部屋へ戻るとは言ってないよ」

「意味がわからないわ。こんな場面をベントに見られたら……今すぐ出ていって」

扉を指さして強い口調で言っても、マティアスはまるで聞こえていないとでもいうようにベッドサイドに置いてあるデザートワインを飲んでいるだけだった。

「マティアス」

いったいどうすれば出ていってくれるのか困り果てて名を呼ぶと、マティアスはようやく立ち上がった。

しかし扉ではなく自分のほうへ近づいてくるのがわかり、慌てて後退ったが、すぐにバスルームへと続く扉まで追い詰められ、あっという間に手の檻に囲われて身動きが取れなくなってしまう。

「どうして逃げようとするの？」

「わ、私はリキャルド様の婚約者よ。夜中にベッドルームへ無断で入り込むような義弟から逃げても当然でしょう」

毅然と見上げて当然のことを言ったが、マティアスはクスッと笑う。

その余裕な態度が悔しくて強く睨みつけても、マティアスはちっとも気にしていない様子で顔を徐々に近づけてくる。

「愛されていないのに、どうしてそこまで兄さんに拘《こだわ》るのさ？」

「マティアスには関係ないわ」

「両親に援助を続けてもらいたいだけだろう？」

「ばかにするならしてもいいわよ。理想の愛なんて関係ないわ。私にはリキャルド様の援助がどうしても必要なの」

冷たく言い放って睨みつけても、マティアスはただ微笑むだけだった。

それが癪《しゃく》に障《さわ》って顔を背けることで抗議をしたが、彼は気にせずに顔をますます近づけてくる。

「そんなに強がらなくてもいいのに」

「強がってなんかないわ。もうわかっているでしょう、私は打算的な女なの」

開き直って言い切っても、マティアスは関係ないとばかりにヴィクトリアを抱きしめる。

「マティアス！」

ネグリジェ越しにマティアスの温もりが伝わってくるだけで、胸がドキドキして耳にうるさい。

それでもヴィクトリアはマティアスの腕から逃れようと必死になって身を捩ったが、力強い腕から逃れることはできなかった。

そうこうしているうちにマティアスの口唇が徐々に近づいてきて、咄嗟《とっさ》に顔を背けた。

「なにも兄さんだけに頼ることはないだろう。もしも俺が援助できたらどうする？」

「そんなこと……ベルセリウス公爵家の財産管理はリキャルド様がされているわ」

「俺がすることになるって言ったら兄さんじゃなく、俺のものになる？」

「それは……」

狡《ずる》い女だと思われてもいいと思って放った言葉だったが、援助を目的にリキャルドからあっさりと乗り換えて、マティアスのものになるとは言えなかった。

「俺ならヴィクトリアを優しく愛して、そのうえ援助をすることができるよ」

「もしもの話なんて信じないわ」

一方的な欲望を突きつけられて乱暴に扱われるよりも、優しく愛されるほうがいいに決まっている。

しかしマティアスが語っているのは、あくまで空想の話だ。

なのにそれを信じてマティアスの思惑どおりに気を許したら、リキャルドにこの屋敷から追い出されてしまうかもしれない。

そう思ったら気が引き締まって、マティアスを強く睨みつけた。

「俺は本気だよ。近いうちに俺がこの公爵家を継ぐことになる」

「そんなの信じないわ」

「今はまだ信じなくてもいいよ。でも俺の誠意をヴィクトリアに伝えたい」

「誠意……?」

訳がわからなくて訝しげに見上げると、マティアスはふと微笑んでおでこにチュッとキスをしてきた。

思わず目を閉じると、今度は頬に、そして口唇にも優しいキスをされて——。

「やっ……」

声を発した途端に口唇をしっとりと合わせられてそっと吸われてしまい、腰が砕けそうになった。

それを察したマティアスが支えてくれたおかげで座り込むことはなかったが、今度はもっと深く口唇を合わせられたかと思うと舌が潜り込んでくる。

「ん、ふ……」

ざらりとしているのに軟らかな舌がヴィクトリアのそれを搦《から》め捕《と》り、そっと吸ってくる。

それだけでも充分な刺激で、腰から甘い感覚が広がり、背筋がゾクゾクと震えた。

そんなヴィクトリアの背中を撫でながらマティアスはさらに深いくちづけを仕掛けてきて、まるで想いの丈を伝えるように、吐息すら奪うほど烈しく吸ってくる。

「は、ぁ……」

思わず喘いで酸素を取り込もうとしても、またすぐにチュッとくちづけられてしまい、キスの仕方などわからないヴィクトリアは、あっという間にマティアスのペースに乗せられてしまって——。

「んっ……ふ……」

吐息と吐息が絡み合うようなキスを何度も仕掛けられたかと思うと、ふいに烈しく求められて、舌を優しく吸われる。

そんなキスを続けられているうちに、気がつけばヴィクトリアもマティアスのパジャマをギュッと握りしめ、キスに夢中になっていた。

口唇を合わせるだけでなく口唇や舌を駆使して、まるでお互いを高め合うようなキスは、烈しい交歓をしている時のような高揚感があった。

みっつも年下の義弟としていると思うと罪悪感もあるのに、なぜかそれが余計に身体を燃え上がらせる。

いけないと思うのに巧みな舌の動きに翻弄されて、マティアスのキスに溺れてしまう。

（あぁ……リキャルド様、ごめんなさい……）

そんな自分の罪深さに心の中でリキャルドに謝ったが、舌をくすぐるように舐められると腰が甘く疼いて、頭の中が真っ白になってしまう。

「ぁ、ん……」

そしてどのくらい烈しいキスを続けていたのか——。

そのうちに腰から力が抜けてしまい、マティアスが支えていなければ頽《くずお》れてしまいそうなほどになった。

するとマティアスはようやく烈しいキスをやめて、チュッと軽いキスをしたかと思うと、息を乱すヴィクトリアの髪を優しく撫でながら、頬や耳朶に何度もキスをしてきた。

それでもうっとりとしながらマティアスに身を預けていると、身体を掬うように抱き上げられ、そのまま二人してベッドへ横になった。

「マティアス……」

もしやこのまま奪われてしまうのかと、不安にアメジストの瞳を揺らしたが、マティアスはまた頬に優しくキスをしてふと微笑む。

「安心して、俺の誠意を見せると言った筈だよ」

そう言ったかと思うとマティアスはランプを消して、ヴィクトリアを背後から抱きしめながらフェザーケットを被せてきた。

「こうして眠ったら暖かいだろ。夜も遅いし一緒に寝よう」

「え、そんなこと……」

「おやすみ」

「ぁ……」

一方的に話を終えたマティアスに髪にチュッとキスをされた。

その感触を気にしている間に、マティアスはさっさと眠る体勢を整えたようで、ヴィクトリアをギュッと抱きしめたまま長い息をつく。

そしてそのうちに規則正しい寝息が聞こえてきて、マティアスが本当に眠ったことを知り、少し信じられない思いで背後を振り返った。

見ればマティアスは目を閉じて、とても安らかな顔で眠っている。

(本当に眠るだけなの……？)

リキャルドしか男性のことは知らないが、こんなに無防備な状態でも襲ってこないこともあるなんて。

最初は信じられないヴィクトリアだったが、マティアスが本当に眠ったことを知って、なんだか安心したような残念なような複雑な気分に陥った。

(残念ってなに？　私は別に期待なんかしていないわ)

自分の感情が信じられずに否定をして眠る努力をしてみたが、マティアスに抱きしめられているかと思うと意識をしてしまって、なんだかすぐに寝付けなかった。

それにいつもは冷たい筈のベッドが、マティアスに抱きしめられているだけで、こうも暖かいなんて。

(リキャルド様とは一緒に眠ったこともないのに……)

まさかマティアスと一緒に眠る日が来るなんて、思いもしなかった。

しかし実際に包み込むように抱きしめられているかと思うと、胸がドキドキしてしまう。

その鼓動がぴったりとくっついているマティアスに伝わるのではないかと心配になったが、ぐっすりと眠っているようなのでヴィクトリアも次第に落ち着きを取り戻してきた。

すると否が応でも先ほどの烈しいキスが思い出されてきて——。

（キスがあんなに気持ちのいいものだったなんて……）

途中から立場など考えずに、夢中になって応えてしまった自分の行動が、今になると信じられない。

リキャルドのことも忘れてキスに溺れてしまうなんて。

しかしマティアスのキスには愛情が含まれていたように思えて、抗いがたい快楽に身を任せたのは確かに自分だ。

（……まだ口唇が痺れてるみたい）

口唇に触れるだけで先ほどのキスが甦ってくるようで、ヴィクトリアは頬を染めた。

思い出すだけでも蕩けてしまいそうな感情が湧き上がってきて、なんだか落ち着かない気分になった。

この感情がいったいなんなのかわからなかったが、マティアスが眠りながらも抱き寄せてくると、胸の奥でなにかが甘く疼くようで、ヴィクトリアは慌てて目をギュッと閉じた。

その途端になぜか鼻の奥がツンと沁《し》みて、涙が込み上げてくる。

耳許で聞こえるマティアスの安心しきった寝息がくすぐったい。

しかしその温もりを感じているうちに、ヴィクトリアもいつしか深い眠りに就いた。

それからしばらくしてマティアスが、クスッと笑う気配にも気づかないで。

＊第五章　雪の雫＊

自室で編み物をしていたヴィクトリアは、ほぅっとため息をついて胸を押さえた。

リキャルドが遠征へ出て今日で十日目になるのだが、あの晩からマティアスはヴィクトリアの部屋で眠るようになっていた。

最初の頃は落ち着かないヴィクトリアだったが、今ではすっかりマティアスと眠るのが当たり前になってしまい、温もりに包まれながら眠る心地好さを知ってしまった。

あまり自覚はなかったが、荒淫を強いられることもなく安心して眠れるようになったおかげか顔色も良くなり、とても充実した日々を送れるようになっていた。

ひとつ困ることがあるとすれば、未だに挨拶だと言ってキスを求められることだ。

一応抵抗はするものの、今ではすっかりマティアスとの深いキスに夢中になってしまい、ヴィクトリアもそれに応えるほどには抵抗感がなくなっている。

それどころかキスをされる度に愛されている実感が持てて、なんだか自分に自信が持てたようにも感じる。

そのせいか笑顔が増えたとマティアスに指摘されてしまい、自覚のないヴィクトリアはその度にどういう顔をすればいいのかわからなくなり彼に笑われるのだ。

(そんなに変な顔をしているのかしら？)

思わず自分の頬に触れて、ごく自然と微笑んでいることに気づいた。

慌てて顔を引き締めてはみたものの、疲れてしまって長く続くことはなかった。

(だめね、こんなに緩んだ顔をしていたらベントに気づかれちゃうわ)

もしもマティアスが自分のベッドルームへ忍んでいることがベントに知られたら、きっとリキャルドに報告されてしまう。

そう思えば気が引き締まり、顔も自然と素に戻った。

自分が叱責される分にはいいが、ただでさえマティアスに対して風当たりが強いのに、密通をしていることがばれたら彼がどんな扱いを受けるかわからない。

とはいっても本当に一緒に眠っているだけで、マティアスはまったく手を出してこないので密通とはほど遠いが、やはり一緒に寝ているだけでも背徳感はあった。

(誠意を見せると言っていたけれど……)

一緒に眠っても身体を求めてこないのが誠意だというのなら、もう充分伝わっている。

それに惜しみない愛の言葉を毎日のように囁かれることがどんなに心地好いか、この身を以て実感させられて、気持ちは既にマティアスに傾き始めている。

それがいけないことだとわかってはいるのに、自分の心に嘘はつけなくて、日を追うごとに気持ちがマティアスへ向かっているのだが——。

両親のことを思うと、今ひとつ踏み切れない自分がいる。

それに未来があるマティアスの相手として、みっつも年上で既に純潔もあったものではない自分で本当にいいのか戸惑う部分もある。

そしてなによりリキャルドが帰ってきた時にマティアスと恋仲になったと報告をしたら、問答無用でマティアスが斬られてしまうかもしれない。

それを想像するとてもではないがマティアスへ告白などできる筈もなく、ヴィクトリアは重いため息をついた。

(やっぱりだめ。マティアスを受け容れることはできないんだわ)

気持ちはマティアスにあるのに、いろいろな柵《しがらみ》がありすぎて差し出された手を取れないなんて、まるで失恋したような気分だ。

(元から結ばれない運命にあるのよ、きっと)

そう思わなければやっていけない気がして、自分をなんとか宥《なだ》めている時だった。

階下がなにやら騒がしくなったのに気づき、ヴィクトリアは扉を開いた。

「しっかりなさってください、マティアス様っ！」

「誰か、血止め薬を早くっ！」

ベントを始めとした使用人たちの逼迫《ひっぱく》した声を聞いた時には、ヴィクトリアも階段を駆け下りていた。

「マティアスがどうしたの！」

「見てはいけません、ヴィクトリア様」

「倒れたりしないわ！　なにがあったと……っ……！」

立ち塞がろうとしたベントを押しのけて使用人に囲まれているらしいマティアスを見てみれば、床に倒れ込んでいる彼の背中が斜めに斬られていた。

オーグレーン王国の紋章が斬り裂かれ、おびただしい血がマントを赤く染めている。

「マティアスッ……！」

ドレスが血塗れになるのも厭わずに床へ跪いてマティアスの肩に触れると、それに気づいたマティアスが苦く笑った。

「ごめん、ドレスを汚した……」

「そんなことっ！　あぁ、いったい誰が……」

使用人が血止めの薬を塗って包帯で止血しているのを、ただ見ていることしかできないヴィクトリアを、ベントが支えて立ち上がらせた。

「落ち着いてください」

「落ち着いているわ。いったい誰がマティアスを傷つけたの？」

「自由の風の仕業です」

「なぜ……！」

それ以上は言葉にならずに目を見開くと、ベントは悔しげな表情を浮かべた。

「本日は滞納している家庭へ税を取り立てに行くとマティアス様は仰って、私を始めとした剣を使える使用人を連れて向かったのですが、税を取り立てた際に十代の少年が……」

文句を言う少年にマティアスが背中を向けた瞬間にいきなり斬りつけてきて、少年は自由の風を名乗って逃げ去ったのだとベントは言う。

「十代の少年が自由の風に？」

「少年だと甘く見ていました。追いかけて成敗《せいばい》することも考えましたが、マティアス様が止められたのと、一刻も早い治療が必要と感じて屋敷へ戻ってきた次第です」

「得策だわ。マティアスの傷の具合は？」

「防寒をしていたおかげで傷は見た目より浅いです。ただ、ここへ戻るまでにだいぶ出血をしましたので安静が必要かと」

ベントの説明を聞いているうちに落ち着きを取り戻してきて、ヴィクトリアは震えそうになる手をギュッと握り締めた。

「わかったわ。私にできることはない？」

「ヴィクトリア様はどうぞいつもどおりにお過ごしください」

ベントの澄ました声にヴィクトリアは目を瞠った。

大切な男性《ひと》が傷を負っているというのに、普段どおりに振る舞うなんて。

あくまでも客人として扱われることが、これほどまでに歯痒《はがゆ》いと思ったことはない。

「ヴィクトリア……ベントの言うとおりにして」

「マティアス……！」

まさかマティアスまでベントに賛同するとは思わずに声を荒らげたが、痛みを堪えながらも僅かに微笑みかけられた。

「俺なら大丈夫だから。こんなに格好悪い姿を見せたくない」

「格好悪いだなんて思わないわ」

「これからきっと発熱して、もっとみっともない姿になる。そんな姿をヴィクトリアには見せたくないんだ。だから……」

「……わかったわ」

発熱するなら尚更《なおさら》傍で介抱してあげたいが、使用人が集まっているこんな場で我が儘《まま》を言ったら、二人の仲を勘ぐられてしまいそうな気がしてぐっと堪えた。

「さぁ、マティアス様。間もなく医者も参ります。ベッドへ行きましょう」

「あぁ、わかっ……ッ……」

立ち上がるのさえつらそうに息を凝らすマティアスを、ただハラハラして凝視めていることしかできなかった。

そしてベントたちに支えられて去っていくマティアスの後ろ姿を、黙って見送ったヴィクトリアは、その姿が見えなくなってから自らの両手やドレスを凝視めた。

（ベントは傷は浅いって言ってたけれど……）

手のひらやドレスのスカートに鮮血がついているのを見て、ベントの言葉を疑った。

両手やドレスに血がつくほどの出血で傷が浅い訳がない。

（お医者様も呼ぶって言ってたし、本当は大怪我なんだわ）

そう思ったらなんだか気が遠くなるような感覚がして、四肢からスッと血の気が退いていくのを感じた。

（まだ倒れる訳にはいかないわ……）

ここで倒れてしまったら見舞いもさせてもらえないような気がして、ヴィクトリアは平然とした顔を装いつつ階段を上り自室へと戻った。

（お願い、マティアス。どうか無事でいて……）

マティアスの無事を祈りつつ扉を閉めたところで意識が遠のいていくのを感じ、ヴィクトリアは床に倒れ込んだのだった。

＊＊＊

ふと目を覚ますと、見慣れた自分のベッドルームの天井が見えた。

確か扉を閉めたところで意識が遠のいた筈なのに、と思ったところでマティアスのことを思い出し、ヴィクトリアはベッドから飛び起きた。

「マティアスは無事なのかしら……」

「マティアス様のご心配よりご自分のことです」

独り言に返事があったことに跳び上がるほど驚いて声のしたほうを向けば、そこにはベントの姿があった。

「様子を見に来て正解でしたね。床に倒れ込むヴィクトリア様を発見した時は肝が冷えました。ですからあのような場面をお見せしたくなかったのです」

「ごめんなさい……」

マティアスがたいへんな時に自分まで倒れて手間を掛けさせたことを素直に謝ると、ベントは良くできましたとばかりに微笑んだ。

「わかってくだされればけっこうです。愛するマティアス様がご心配な気持ちも多少なりとも理解できますので」

「えっ……」

さらりと言われたので聞き間違いかとも思ったが、ベントは心得ているというように微笑みかけてくる。

「最近のヴィクトリア様はよく笑顔を浮かべて、まさに恋をする乙女のように華やいでおられましたので、気づいておりました」

「そんなこと……」

否定しようとしてみたが、最近の自分が少し浮かれていたのは確かで、なにも言い返せなかった。

気持ちはマティアスに傾いてはいたものの、両親のことやリキャルドの取る行動を考え、傾きそうになる気持ちを抑えようとしていたのに、周囲にはそんなふうに見えていたのだろうか？

「恋をすると女性は本当にわかりやすいです。まるで薔薇の花が開花する瞬間のようにお美しくなられました」

「私が……マティアスに恋をしている？」

「まさか自覚がおありでないのですか？　これは参りましたね、ヴィクトリア様はとてもわかりやすいですよ」

おもしろそうに笑うベントを見て、ヴィクトリアは頬を染め上げた。

優しいマティアスに大切にされているうちに、リキャルドよりも彼のことばかり気に掛かるようにはなっていた。

だからこれでも必死に想いを封印しようとしていたのに、ベントには自分がマティアスに恋をしているように見えていたとは。

「マティアス様が怪我を負われた時のヴィクトリア様は、まさに傷ついた恋人を見て動揺されているようでした。それを見て本気で愛していると確信したのは、私だけですか？」

首を傾げるベントにどう答えたものか悩んで、ヴィクトリアは押し黙った。

リキャルドの忠実な執事であるベントに、マティアスへの想いを口にしても果たしていいものだろうか？

もしも自分が軽はずみな発言をしたら、それがリキャルドに筒抜けになるような気がしてならない。

そう思えば迂闊《うかつ》なことは言えずに黙ったままでいると、ベントはふと息をついた。

「今さら隠し立てしても無駄ですよ、リキャルド様の遠征中に、毎夜マティアス様がこの部屋へ忍んで通っていることは存じ上げております」

「そ、それは……違うの、マティアスとはなにも疚《やま》しいことはしていないわ」

まさか気づかれているとは思わなくてぎくりとしてしまったが、身の潔白を証明しようと必死になって言い募《つの》ると、ベントは呆れた表情を浮かべる。

「この期《ご》に及んでまだ言い訳をするおつもりですか？　男女が夜に部屋へこもってすることといえば、ひとつしかないでしょう」

「本当よ、私たちはなにもしていないわ」

「過酷な遠征をされているリキャルド様がいない隙に、まさか弟に寝取られるとは。リキャルド様が気の毒でなりません」

「……リキャルド様に報告するつもり？」

まさかという思いで見上げると、ベントは当たり前だというようにニヤリと嗤った。

その笑みを見てぞくりとしてしまい、初めてベントを恐ろしいと思った。

「リキャルド様より、遠征中にもしもお二人が密通をした場合には報告するよう仰せつかっております。きっとお怒りになって、お怪我をされたマティアス様にとどめを刺すことでしょう」

「そんな……っ！　お願い、リキャルド様には黙っていて。本当になにもしていないの」

なりふりなど構っていられずに、ベントに縋ってその瞳を凝視めた。

なにもしていないというのに、もしもベントがリキャルドに報告をしたら、きっとマティアスの命は絶たれてしまう。

それだけはどうしても避けたくて必死になってスーツを握りしめると、ベントはヴィクトリアの手を凝視めてから、それを振り払った。

「あっ……」

「……黙っていてほしいのですか？」

「え、ええ……」

このまま黙っていてくれそうな雰囲気に少し気を緩めてヴィクトリアが頷くと、ベントはふと微笑んでから、いきなり頬をピシャリと叩いてきた。

まさか頬を叩かれるとは思わずに、ただ呆然とすることしかできずにいると、ベントはそんなヴィクトリアに微笑みながらベッドへ突き飛ばした。

「そんな都合のいい話はありませんよ。リキャルド様より、もしもヴィクトリア様がマティアス様と密通をした場合、貴女様を折檻《せっかん》するようにとも仰せつかっております」

「折檻……？」

「はい、挿れなければなにをしてもいいとのことです。フフ、嬉しいですね。垣間見ることしかできなかった貴女の身体を自由にできるなんて」

「きゃあ……！」

いきなり覆い被さってきたベントにドレスを引き裂かれ、ヴィクトリアは悲鳴をあげた。

しかしベントは構わずにドレスを左右に開き、雪のように白い乳房を露わにする。

そしてため息ともつかない息をつき、双つの乳房を掬い上げるように揉みしだいてくる。

「さすがとしか言いようがありませんね。リキャルド様がのめり込むのも頷けます」

「いやっ……！　さ、触らないでっ！」

ベントにいいように触れられているのだと思うだけで肌が粟立ち、ヴィクトリアはいやいやと首を横に振って叫んだ。

自分が許した相手以外に触れられることが、こんなにもおぞましいとは思わなかった。

耐えきれずに必死になって抵抗をしたが、ベントはヴィクトリアの抵抗などものともしないで、乳房を揉んでは愉しげに嗤う。

「いくら叫んでも助けなど来ませんよ。それにここで抵抗したらマティアス様の命はございません」

「……どういう意味？」

「医者より強力な眠り薬を数日分預かっております。いっぺんに飲んだらリキャルド様が手を下す前に、マティアス様は永遠の眠りに就くことになるでしょう」

「そんな……」

ベントが差し出した薬なら、マティアスはなんの疑いもなく飲むことだろう。

それを思ったら抵抗することもできなくなって、身体からふと力を抜いた。

「聞き分けのいい女は嫌いじゃないですよ。さぁ、血で汚れたドレスは脱ぎましょう」

まるで着替えを手伝っているような口ぶりのベントにドレスを脱がされたが、ヴィクトリアは抵抗もせずにおとなしく従った。

「フフ、いいですね……そうそう、リキャルド様はこれを残すのがお好きでしたね」

ストッキングとガーターベルトだけの姿になると、ベントは改めてというようにヴィクトリアの身体を凝視め、そして膝に手を掛けて大きく開いた。

「あぁっ……」

その瞬間はさすがに声が洩れてしまい、ヴィクトリアは羞恥に目をギュッと閉じた。

しかし目を閉じていても、秘所にベントの視線が這うのを痛いほど感じてしまう。

「ほぅ、リキャルド様やマティアス様を咥え込んでいるのに、淡くお美しい」

「い、いや……」

思わず脚を閉じ合わせようとしたがピシャリと叩かれてしまい、さらに大きく開かれる。

「フフ、全身が染まってきましたね。傅《かしず》く者に貴女の一番淫らな場所を見られて恥ずかしいのですか？」

「お願い、許して……」

あられもない姿をベントに見られているのかと思うと、あまりの羞恥にアメジストの瞳が潤んでくる。

そんなヴィクトリアを嗤ったベントは普段の澄ました表情ではなく、とても残忍な顔で見下ろしてくる。

「受け容れられるよう、ご自分でしてください」

「え……」

「聞こえなかったのですか？　自ら慰めろ、と申しました」

まさかベントの前で自慰を強要されるとは思ってもみなくて首を横に振ったが、乳房を強く握られてしまい、ヴィクトリアは痛みに顔を顰めた。

「リキャルド様の前ではよく披露されているでしょう。私も一度貴女が自ら快楽に耽《ふけ》る様子をじっくり見てみたいと思っていたのですよ」

ベントの口ぶりから、今までの荒淫を何度も目にされていたのがわかって、ヴィクトリアは長い睫毛を伏せた。

リキャルドがベントの前で平然と淫らな命令をしてくることが多々あったことを思い出せば、見られていてもなんらおかしくはない。

それに普段は何食わぬ顔をしているが、リキャルドとの間で繰り広げられている荒淫を、この屋敷のことならなんでも知っているベントが知らない筈がない。

そう思えば今さらという気がしなくもないが、だからといって自ら快楽に耽る姿を見せるのは躊躇われて動けずにいると、また脚をピシャリと叩かれた。

「マティアス様の命を握っているのは私だということをお忘れですか？」

「あ……」

自分の行動がマティアスの命に関わるのかと思うと、ベントの命令に背くことはできなくて、ヴィクトリアはおずおずと自らの乳房と秘所に手を伸ばした。

「んっ……」

いやいやながら敏感な箇所に触れても感じることはなく、ただつらいだけだった。

しかし達するまでしなければ、ベントは納得しないだろう。

そう思うと必死にならざるを得なくて、目を瞑《つむ》って夢中になって弄る。

「ぁ……」

視界を閉ざせば少しは感じることができる気がして、目を閉じたまま乳首と秘玉を同じリズムで熱心に擦り上げた。

「ん、ぅ……」

外気に触れているせいで既にぷっつりと尖っている乳首を指先でそっと転がしつつ、同時にまだ包皮に隠れている秘玉を指先でつつく。

そこでようやく蜜口がひくん、と反応をして、ベントがクスクスと嗤う。

「フフ、そうやって指先で優しく弄るのがお好きなのですか？　嬉しそうにひくひくと反応してますね」

「……ぁ……言わないで……」

淫らな自分を口にされるのが恥ずかしくて、蜜口が余計に反応してしまう。

それでも乳首を速く擦りたてながら、秘玉をまあるく撫でているうちに腰の奥から甘く淫らな感情が湧き上がってきた。

「フフフ、小さな粒が顔を出してきましたね。貴女も私に見られて昂奮してるのですね」

「お願い、見ないで……」

秘玉が昂奮に包皮から顔を出す瞬間をベントに見られてしまったのかと思うと、あまりにも恥ずかしくて全身が真っ赤に染まった。

それでもやめる訳にはいかず、ベビーピンクの乳首を弄りながら秘玉をくりくりと擦り続ける。

するとそのうちに身体が強ばり始めて、甘い感覚がどんどん強くなり、ベントの前だというのに蕩けるような声が洩れた。

「あっ……ん……っ……」

「本気で感じてきましたね？　腰が淫らに動いてますよ」

「い、いや……」

違うのだと首を横に振りたてたが感じているのは事実で、秘玉を弄る度に腰が揺らめいてしまうのを止められなくなった。

それに蜜口がひくん、と反応する度に、愛蜜が溢れてきてしまい――。

「いやらしい蜜が溢れてきましたね。フフ、私に見られても感じるなんて、とんだ淫乱ですね、貴女は」

「いや、いやぁ……」

屈辱的な言葉を投げかけられてもマティアスのことを思えばやめることも叶わずに、愛蜜を掬った指でさらに秘玉をくりくりっと弄り続ける。

するとそのうちに腰がひくん、と持ち上がるように揺らめき、秘玉を弄るだけでは物足りない気分になってきて、自らの指を蜜口の中へ挿し入れた。

「あぁっ……ぁっ、ん……」

くちゅくちゅと淫らな音をたてて抜き挿しするのが恥ずかしいのに心地好くて、指を止められなくなった。

涙目でベントを見上げると、普段の澄ました顔ではなく、とても淫蕩な表情を浮かべてヴィクトリアの秘所を食い入るように凝視めている。

「気持ちいいのなら、好いと仰ってください」

「ぁっ……んん、あっ、い、いや……」

「こんなに濡らしておいていやではないでしょう。言わなければわかっていますよね？」

「あ……」

暗にマティアスのことを仄めかされて、ヴィクトリアは口唇をきゅっと引き結んだ。

しかし次の瞬間覚悟を決めて、口唇を僅かに開いた。

「い、好い……好いの……」

「フフ、ヴィクトリア様はどこをどうすると気持ちいいのですか？」

「あ……ここを……弄りながら中を擦るのが好いの……」

「そうですか、このいやらしい小さな粒をくりくり弄りながら中を擦り上げると、ヴィクトリア様はどうなってしまうのですか？」

さらに卑猥《ひわい》な質問をされているうちにも身体がどんどん高みへ上り詰めていくのを感じ、ヴィクトリアは腰を淫らに躍らせながら指の動きを速くした。

「あぁん、ぃく……達く、の……私もうっ……」

我慢できずに指を貪婪《どんらん》に動かして、ぽってりと膨らむ秘玉と隘路を刺激する。

指を抜き出す度にとろとろに蕩けた蜜口からは、愛蜜が糸を引いてシーツへたれていく。

そんな淫らな光景をベントに見られていると思うだけで屈辱を感じるのに、自らの気持ちいい箇所を刺激していると、官能に触れてしまい腰が跳ねるのを止められない。

「あ、あん、んっ……ぁ……ん……」

「堪りませんね……承知していたつもりでおりましたが、自ら快楽を得る貴女がこれほどまでに淫らだとは思いもしませんでしたよ」

「あぁん、やっ……やぁ……お願い、もう見ないで……お願い、お願い……」

「フフ、もうすぐ達くのですね。あぁ、だらしのないお口がひくひくし始めましたよ」

懇願してもベントは凝視めるばかりで、さらに脚を開いて間近に顔を寄せてくる。

それが恥ずかしいのに上り詰めそうな今、指淫を止めることができない。

そして指を奥深くまで咥え込み、秘玉を撫でた瞬間に達してしまって――。

「や、あっ……っ……あぁっ……ぁ……あっ……！」

自らの指を思いきり締めつけ、腰をひくん、ひくん、と跳ねさせていたヴィクトリアは、絶頂を味わい尽くしたところで指を引き抜いた。

その途端に腰がベッドへ落ちて、胸が上下するほど息を乱しながら羞恥に涙を零した。

「フフ、まだひくひくと物欲しそうにしておりますね」

「ぃ、いや……っ……もうこれで許して……」

ぽってりと膨らむ陰唇を指で押し開かれて、蜜口がひくつく様子をじっくりと見られる。

そして愛蜜に濡れた蜜口を撫でられ、思わずゾクリと感じてしまった自分に嫌気が差したが、ベントは遠慮もなく蜜口に触れながら耳許に顔を近づける。

「快楽に耽る姿を使用人に見られながら達した気分はいかがですか？」

「う……」

「いいことを教えてあげましょう。貴女のここへぶち込みたいと思っている使用人は大勢いるのですよ」

ここへ、と言いながら蜜口を撫でられた瞬間、思わずひくん、と反応してしまった。

するとベントはクスクス嗤いながら、きゅっと閉じた蜜口をぐるりと撫でてくる。

「おや、貴女も満更ではないようですね。いっそ貴女を欲望の対象にしている使用人を大勢呼びましょうか？　みんな喜んでここを満たしてくれますよ」

「いやっ……お願い、それだけはやめて……」

大勢の使用人の慰み者になったら、きっと自分は正気を失くしてしまう。

ベントだけで精一杯なのに、これ以上他の男性に悪戯をされたら、もうマティアスに顔向けできない。

想像するだけでも恐ろしくて涙目でベントを見上げると、ニヤリと嗤い返された。

「仕方ないですね。では次は貴女の大好きなこれを使いましょう」

「……っ…」

目の前にあのクリスタルのディルドを突きつけられて、ヴィクトリアは息をのんだ。

「挿れないって言ってたわ……」

「私自身を挿れなければいいだけの話です。道具を挿れてはいけないとは仰っておりませんでしたし、貴女もご自身の指だけでは物足りないでしょう」

「そ、そんなこと……」

もう充分だと首を横に振ったが、問答無用で頬を叩かれた。

「あうっ……！」

怯えて見上げれば、ベントはとても冷たい目でヴィクトリアを見下ろしている。

「貴女に拒否権はございませんよ。黙ってそこに這いつくばりなさい」

「うぅ……」

また叩かれるのが恐くておずおずとベッドから起き上がり、獣のポーズを取ってベントに秘所を差し出した。

するとベントは双丘を撫で、不意にピシャリと叩いてくる。

「ぁっ……っ……」

「もっと脚を開いて自ら挿れてほしい場所を示しなさい。それとも後ろがいいですか？」

「い、いやっ……それだけは……」

「ならば私に挿れてほしいと淫らにねだってもらいましょうか」

氷のように冷たいディルドを双丘に押しつけられて、ヴィクトリアは慄きながらも腰を高く掲げた。

屈辱と羞恥、そして恐怖を堪えながらも両手で陰唇を押し開き、ひくひくと淫らな開閉を繰り返す蜜口を露わにした。

「お、お願い……ここに挿れて……」

「こちらを向いてもっと淫らに誘ってください」

「あ……お願い、私の中に早くそれを挿れて……」

苦しい体勢の中、ベントを凝視めながらねだると、蜜口に冷たいディルドを押しつけられてヴィクトリアはびくっと身を竦めた。

「本当にどうしようもない淫乱ですね。いいでしょう、貴女の淫らなここにぶち込んであげますよ」

「あっ……っ……あぁっ……！」

一気に押し込まれた衝撃もすごかったが、あまりの冷たさに身が竦んでいるところで最奥まで貫かれ、思わず鋭い悲鳴をあげた。

「フフ、貴女の中がよく見えますよ。綺麗な薔薇色ですね……それにこんなに太い物を一気にのみ込むなんて、よっぽど嬉しかったのですか？」

ベントはおもしろそうにクスクスと嗤って、張形を最奥まで押し込んだまま秘玉をくりくりと指先で弄ってくる。

「ひぁっ……ぁ……」

まだ冷たい感覚に慣れていないのに秘玉を弄られると甘い声が洩れて、腰が淫らに揺れてしまうのを止められなくなった。

「腰をそんなに揺らして……とんだ淫乱のお嬢様ですね。子供は作れないくせに色事だけは娼婦並みに貪欲とは畏れ入ります」

「んんん……ち、ちが……私はそんな……」

「お黙りなさい」

「いやぁ……！」

秘玉をきゅうぅっと引っぱられて、そのあまりの刺激に泣きそうに蕩けた声をあげると、ベントはクスクスと嗤った。

「おや、これがお好きでしたか？　今まで以上にぷっくりと膨らませて……」

「ん、だめ、だめぇ……お願い、もう許してぇ……！」

秘玉をぷるん、ぷるん、と指先で爪弾かれるとまたすぐに達ってしまいそうで、ヴィクトリアはいやいやと首を横に振りたてた。

しかしベントはそれが気に入ったようで、ぷっくりと主張する秘玉を指先で弄ぶ。

「お二人にさんざん抱かれているのに初心な反応をしますね。そんなにここを弄られるのがお好きなのですか？」

「いやぁ……あぁ、ん、もうしないで……」

「もしかしてここはあまり弄られたことがないのですか？　おかわいそうに。今日は思う存分弄ってあげますよ」

「いやぁあ……だ、だめぇ……！」

ベントが見抜いたとおり、リキャルドはあまり秘玉には触れてくれないせいもあり、集中的に弄られるともうどうにかなりそうだった。

堪らずに腰を跳ねさせるが、弱みを見つけたベントはすっかり体温の移ったディルドを抜き挿ししながら秘玉を捏ねるように弄ってくる。

「フフ、ここを弄るときゅうぅっと締めつけてなかなか抜けませんね」

「あ、あっ、あぁ、ん、んん、や、ん……んんっ……！」

そうは言うものの、ずちゅくちゅと粘ついた音がたつほど烈しい抜き挿しをされる。

秘玉をじっくりと弄られると、ざらついた張形に媚壁が絡みついてもっと奥へと誘うように吸いついてしまい、そこを擦り上げられると堪らなかった。

そして一気に引き抜かれては、また最奥まで擦り上げられると、気持ちではだめだと思うのに、突き上げられる度に甘く蕩けた声が洩れる。

「あぁ、あん、や、あっ、あっ、あぁっ、あ、ん……」

「なんて声を出すのですか。そうやってリキャルド様にも媚びているのですね」

「あ、んん……ち、ちが……媚びてなんか……あうっ！」

否定した途端にまた双丘をピシャリと叩かれて、ヴィクトリアは身体を強ばらせた。

潤んだ瞳で見上げれば、ベントは軽蔑しきった眼差しで見下ろしていて――。

「その態度のどこが媚びてないと？　さすがは金目当てでリキャルド様の婚約者を名乗っておられるだけはある」

「あっ……」

吐き捨てるように言われてしまい、傷ついたものの反論できなかった。

援助という柔らかい言い方をしているが、所詮は金目当てと言われても仕方がない立場だということは、自分が一番よくわかっている。

ベントだけではなく、きっとこの屋敷で働く使用人や、交友のある貴族たちにもそう思われているに違いない。

そしてなによりリキャルドに一番そう思われているからこそ、なかなか結婚をしてもらえないのだろう。

それでもリキャルドに金を恵んでもらわなければ、両親はとっくに路頭に迷っていた筈で、働くこともできない自分は耐えなければいけないのだ。

しかしリキャルドを崇拝しているベントには、その堪える態度も気に入らないらしい。

「金の為なら誰にでも腰を振る売女が」

「あぁっ……！」

ディルドを一気に引き抜かれたかと思うと蜜口が閉じる前に押し込まれて、最奥をつつかれると、とても苦しいのにリキャルドの調教で慣れきった身体はそれを快感と捉えてしまい、ヴィクトリアは惨めな気持ちで喘いだ。

「貴女のように金目当ての女は目障りですよ。よがり狂ったまま窒息すればいい……」

「あっ……あぁあ……っ……！」

そう言いながら、ベントはヴィクトリアの首を絞めつけてきた。

「ふっ……ぅっ……！」

「フフ、苦しいのですか？　貴女が苦しむ度にディルドが奥へと入っていきますよ……」

首を絞める力が徐々に強くなってくると、頭の中で白い閃光が瞬き、意識が次第にぼんやりとしてきた。

それでも身体は苦しさを表すようにぴくん、ぴくん、と跳ねる。

その時の締めつけがおもしろいようで、ベントはディルドで穿ち続けていたのだが——。

「吸いついて放さないなんて、とても好いようですね……フフ、なんていやらしい身体なんでしょう……さぁ、もっと締めつけなさ……ひぅっ！」

ふいに首から手が離れて咳き込んでいるうちに、ディルドが中から抜け出ていった。

いったいなにが起きたのかわからずに涙目で見上げてみると、そこには気配もなく部屋に入り込んだマティアスの姿があり、ベントの首を紐で思いきり締め上げていた。

「窒息するのはおまえだ。ヴィクトリアに手を掛けた罪は死を以て……償え」

「ひっ……っ……」

逼迫した声を発したかと思うと、ベントの首がグキッと不気味な音をたてた。

その瞬間に白目を剥いたベントは口から泡を噴きながらがくりと項垂れ、それからぴくりとも動かなくなった。

「すまない、ヴィクトリア。来るのが遅くなった」

「……殺した、の……？」

「あぁ、当然だろう。ヴィクトリアに手を出したんだ。大丈夫……じゃなさそうだな」

「ぁ……」

ストッキングにガーターベルトだけの惨めな姿でいるところをまじまじと見られてしまい、ヴィクトリアは身体を隠した。

するとマティアスはフェザーケットで身体を包んで、ギュッと抱きしめてくれた。

その途端に気が緩んだのか、身体がガタガタと震えてしまう。

「大丈夫、もう大丈夫だから」

「マティアス……」

頬に優しくキスをされて身体を摩られているうちに、次第に身体が震えなくなってきたのはいいが、落ち着き始めると今度はベントの遺体が気になった。

「ベントはいったいどうするつもり、なの……？」

「大丈夫、ヴィクトリアは心配しなくていいよ」

「けれど……」

床に横たわる遺体を見るのも恐ろしく、マティアスに縋りついていたヴィクトリアだったが、そこでハッと気づいて彼を見上げた。

「動いたりしてマティアスこそ大丈夫なの？」

「傷は本当に浅かったんだ。痛み止めも効いているし、今夜も一緒に眠ろうと思って来てみたらベントの奴が……」

それ以上は言葉にならないといった様子で、マティアスは歯をギリッと噛みしめた。

ヴィクトリアを抱きしめる手にも力がこもり、怒りを堪えているのがわかる。

「……ベントを殺したりして……リキャルド様が黙っていない筈よ」

「だからヴィクトリアは気にしなくていい……といっても、ここに死体があったら落ち着かないよね。少しだけ待ってて」

そう言い残したマティアスは怪我をしているにも拘わらず、重くなった遺体を引きずって窓辺へ行くと、ヴィクトリアに背を向けて、ベントの首をフルーツナイフでなんの躊躇もなく切り裂いているように見えた。

「……っ…」

まだ死後硬直していないせいか、ベントの首には鮮血が溢れていた。

思わず言葉を失っていると、マティアスは床が血で染まる前に遺体を窓から放り投げた。

「これでいい。明日の朝使用人が発見した時には、ベントは自由の風に殺されたことにするから、ヴィクトリアはなにも見ていないことにして」

人を一人殺したというのに、まるでゴミを捨てるように平然としているマティアスに、ヴィクトリアはただ黙って頷くことしかできなかった。

騎士ともなると生死があまりにも身近すぎて、普通の感覚ではないのかもしれない。

しかし人の死とはほど遠い生活を送っているヴィクトリアは、ベントの死をまだ上手くのみ込むことができず、なんだか落ち着かない気分になった。

しかもほんの十分ほど前まで、自分を組み敷いていた相手が呆気なく死ぬなんて。

さんざんなことを言われたし酷いことをされたが、それでも今までいろいろと世話をしてくれたことを思うと複雑だった。

「ヴィクトリア……どこか痛い？」

「ぁ……いいえ、どこも痛くないけれど……ベントを……殺《あや》める必要はあった？」

思いきって訊いてみると、マティアスは心底不思議そうな顔をして、それから少し怯えるような表情を浮かべた。

「……俺が恐い？」

まるで捨てられた仔猫のような顔で、ヴィクトリアを窺《うかが》っているようにも見える。

「……いいえ、助けてくれてありがとう」

「良かった……ヴィクトリアに嫌われたかと思った」

そう言いながらギュッと抱きしめられて、ヴィクトリアも僅かに微笑んでみたものの、ベントに穢された自分を思い出してマティアスをそっと押し返した。

「ヴィクトリア……？」

「ごめんなさい、シャワーを浴びたいの。その、ベントにいろいろされたから……」

ベントの突然の死のおかげで身体の疼きはもう消えていたが、感触はまだ残っている。それを早く洗い流したくてマティアスを見上げると、とても痛ましそうな顔をされた。

「首に痕が残ってる。それに口の端が内出血してきた……思いきり叩かれたんだね」

「マティアスが助けてくれたから大丈夫よ」

「俺が洗ってあげる」

「えっ……あ、マティアス!?　だめよ、怪我が悪化したらどうするの」

掬うようにして抱き上げられたが、下手に抵抗をして傷口に触れてしまったらと心配になり、派手な抵抗もできず、そうこうしているうちにバスルームへ連れていかれた。

そして湯の調整をしてくれたかと思うとバスタブに座らされて、それからマティアスはふと笑った。

「前にも似たようなことがあったね」

「あ……」

そう言われてみて、以前リキャルドに荒淫を強いられて動けなくなっていた自分を、マティアスがバスタブまで運んでくれたことを思い出した。

「あの時言ったことを覚えてる？」

「洗脳って恐いねって、マティアスは言ってたわ」

その時のことを朧《おぼろ》げながらも思い出して言ってみると、マティアスはプッと噴き出した。

「もっといろいろ言っただろ。兄さんから逃げるつもりはないの？　ヴィクトリアが望めば自由はいくらでも手に入るのにってね」

「そういえば……」

「どう、逃げる気になった？　俺と一緒に自由を手にしたくならない？」

手をギュッと握りしめられて熱く凝視めてくるマティアスを直視できなくて、ヴィクトリアは長い睫毛を伏せた。

リキャルドだけでなくベントにまで穢されたヴィクトリアにはマティアスの存在は眩しすぎて、人生を共に歩んでいく自信がすっかりなくなってしまったのだ。

「……マティアスには私みたいな女じゃなくて、綺麗で純粋な女性《ひと》が似合うわ」

「そんなことはない。ヴィクトリアは誰よりも純粋で綺麗だよ」

「私は汚いわ……私に優しくしないで」

自らの身体を抱きしめて拒絶するように俯いていると、マティアスがため息をついた。

「……わかった。今は一人になったほうがいいみたいだね。でもヴィクトリアのことは誰よりも想っているよ」

そう言いながら髪にチュッとキスをして、マティアスはバスルームから出ていった。

それでもしばらくはシャワーに打たれながらジッとしていたヴィクトリアだったが、のろのろと動き出して身体を石鹸で洗い始めた。

（これで良かったのよ……マティアスはまだ私を想ってくれているみたいだけど、彼の明るい将来に、私のような女は釣り合わないもの）

自分にそう言い聞かせながら身体を洗っていると、秘所を洗った瞬間にぬるりとした感触がして、ますます決意を固くした。

誰にされても濡れるような身体をした自分は、やっぱりマティアスには似合わない。

「あ……あら……？」

そう確信した瞬間に自然と涙がこぼれ落ちて、ヴィクトリアは目許を擦った。

それでも涙は次々と溢れてきて、とうとう顔を覆って泣き始めた。

泣くほど悲しく思ってしまうくらい、いつの間にかマティアスが心の中を占めていたなんて思いもしなかった。

諦めなければいけないのだと思うとますます泣けてきて、ヴィクトリアは涙を零し、マティアスへの想いを断ち切る努力をしたのだが、彼への想いはなかなか洗い流すことができない。

（明日になったら忘れるから……）

だから今だけは泣かせてほしいと思いながら、ヴィクトリアはシャワーの音に紛れて嗚《お》咽《えつ》し、まるですべてを洗い流すようにいつまでもシャワーを浴び続けた。

＊　＊　＊

「ヴィクトリア様、紅茶はいかがですか？」

「どうもありがとう、エイナル」

夕食の終わったリビングで寛いでいたヴィクトリアが僅かに微笑んで見上げると、新しい執事のエイナルは穏やかに微笑み、紅茶をセッティングしてくれた。

あの悪夢のような夜からしばらくして、マティアスがベントに代わる執事、エイナルを連れてきたのだが、彼はとても穏やかな性格で、ふさぎ込みがちなヴィクトリアにとても温かく接してくれる。

エイナルのおかげでベントにされた行為や死によるショックも薄れるようで、そんな執事を連れてきてくれたマティアスにはとても感謝をしていた。

ベントの死はマティアスが言うとおり、翌日には夜回りをしていたベントが自由の風に殺されたことになっていた。

どうやらマティアスが自分と離れてから、ベントにマントを着せたりカンテラをその場に置いたりといろいろ工作したようで、使用人たちも彼の言葉を信じたらしい。

なのでヴィクトリアもその件に関しては口を噤《つぐ》んで、ベントのことは忘れる努力をした。

それでもベントに穢されたことはまだ心の傷となっていて、心から笑えるまでには至らなかったが、マティアスはそんな自分でもまだ関心があるようだった。

それに、ヴィクトリア自身も——。

マティアスのことは諦めなければいけないと思っているのに、毎晩傷の手当てをせがまれて、それを断れない弱い自分がいるのだ。

いけないと思いつつも、マティアスに頼まれるといやとは言えなくて、もう十日も傷の手当てをしては、一緒に眠る日々を送っていた。

逞しくなったとは思っていたが、男らしく引き締まった背中に走る傷を手当てする度にドキドキしてしまい、またマティアスの温もりに包まれて眠ると惹かれてはいけないと思うのに、彼への想いが日に日に募る一方だった。

こんなにもマティアスが気になる日が来るなんて思いもしなかったが、いつの間にか胸の中を彼が占めていて、ともすればマティアスのことばかり考えてしまう始末だった。

(マティアスにはもっと若くて純粋な女性が似合うのに、どうして拒めないの?)

心はマティアスを求めてしまう自分を宥める手立てが思いつかなくて、ヴィクトリアがふとため息をついた時だった。

リビングの扉が開いて、件のマティアスが姿を現した。

「こんな所にいたんだ?」

「マティアス……お仕事はもう済んだの？」

何気ない素振りで訊くとマティアスはふと微笑んで、ごく自然と隣に座ってヴィクトリアの髪を梳き、毛先にチュッとキスをした。

「あぁ、ようやく税の徴収がすべて済んで、ヨルゲン王へ献上するリストができた」

「お疲れ様、たいへんだったでしょう、エイナルに紅茶を持ってこさせましょうか？」

動揺しないように細心の注意を払って髪を取り戻しつつ、席を立とうとしたところで手を引っぱられ、ヴィクトリアはまたマティアスの隣に座った。

彼にしては珍しく強引な引き留め方に驚きつつも見上げると、マティアスはヴィクトリアの瞳をジッと凝視めてくる。

「……マティアス？」

「きっと兄さんはあと五日もしないうちに戻ってくる」

「どうして？　遠征はひと月かかると仰っていたわ」

リキャルドが遠征に出立して今日で二十日目で、あと十日は戻らない計算なのに、どうしてマティアスはあと五日程度で戻ると思っているのだろうか？

「今回の納税はうちだし、俺を信用していない兄さんなら、納税品のリストをチェックする為に必ず早めに帰ってくる。なにより俺とヴィクトリアの仲を疑っているから、抜き打ちで戻ってくると思うんだ」

「そんな……」

それではこうしてマティアスと親密に話せるのも、あと五日程度ということになる。

そう思うと途端に寂しい気持ちになったが、リキャルドが戻ってきたらきたでマティアスへの想いを断ち切ることができるかもしれない。

しかしリキャルドが戻ってきただけで、この想いを消すことができるだろうか？

聡《さと》いリキャルドならヴィクトリアの心変わりを瞬時に察して、激高するかもしれない。

心はマティアスにあるのに、リキャルドに抱かれる日々がまた戻ってくるのかと思うだけで、心がみるみるうちに沈んでいくのがわかる。

「ヴィクトリア、俺は自分に嘘をつきたくない」

「自分に嘘を……？」

突然真面目な顔で手を握られて、ヴィクトリアは首を傾げた。

自分に嘘をつきたくない、とはいったいどういうことなのだろう？

訳がわからずに凝視めると、マティアスはヴィクトリアの手の甲にチュッとキスをした。

そして――。

「愛してる。兄さんと俺、どちらを選ぶか決めてほしい」

「マティアス……」

「ベントのことがあったし、誠意を見せると言った手前悩んだけど、もう時間がない。決めるのはヴィクトリアだ」

いきなり決断を迫られて、ヴィクトリアの心は千々《ちぢ》に乱れた。

気持ちはとっくにマティアスに傾いているが、両親のことを考えるとリキャルドに今までのように乱暴に扱われるのを耐えるしかない。

しかしマティアスの温もりを知ってしまった今、再びリキャルドに酷く扱われることを想像すると、とてもではないが耐えることができないようにも感じてしまう。

「ヴィクトリアには自分の気持ちを大切にしてほしい」

「自分の気持ち……？」

「そう、なんの柵も考えず、自分が本当に選びたい道を選んでほしいんだ」

両親への援助やベントに穢された自分、そしてリキャルドの婚約者として育てられてきた今までの自分をすべて忘れて、本当の気持ちを考えるのはとても難しかった。

しかしそれをひとつずつ頭から消していき、最後に残ったのはとてもか弱い自分だった。

自分の居場所と愛情を求める寂しい自分が欲しているのは、マティアスがくれるような惜しみない愛だけで、それ以外はなにも望んでいない自分に気づかされた。

しかし長年背負い続けてきた柵を取り払うには、とても勇気がいって即答できない。

マティアスの手を取るということは、育ててくれた両親を見捨てることにもなる。

それを考えると手放しでマティアスの胸にとび込むことができなくて、躊躇いつつも彼を凝視めた。

「私……私は……」

「もしも兄さんを選ぶなら、俺は二人の前から姿を消す。酷い仕打ちをされているヴィクトリアをこれ以上見ていられないからね」

「え……」

そう言ってマティアスは席から立ち上がり、背中を向けて扉のほうへ歩いていく。

それを見た瞬間ヴィクトリアはなにも考えず衝動的に立ち上がり、マティアスの背中に抱きついていた。

「いやよ、マティアスがいなくなるなんて」

「……それはどういう意味？」

「それは……」

思わず抱きついてしまったが、その意味を求められると答えるに答えられない。

しかしこのままマティアスが姿を消すなんて、きっと自分には耐えられない。

「ねぇ、答えてヴィクトリア。どうして俺がいなくなるといやなの？」

「あ……」

正面を向いたマティアスに見下ろされて、ヴィクトリアは長い睫毛を伏せた。

ここで自分の気持ちに正直にならなければ、きっと本当にマティアスは目の前から姿を消してしまう。

それを考えただけでも心に穴が空いたような虚無感が襲ってきて、首を横に振ったヴィクトリアは、すべてを投げ出す覚悟でマティアスを凝視めた。

「マティアスにはもっと若くて純粋な女性のほうが似合うってわかっているわ。けれど私は……私もマティアスのことが好きなの……」

口にした途端に感情が昂ぶって、思わずアメジストの瞳から涙が溢れた。

マティアスへの愛を認め、いろいろな柵に縛りつけられていた自分を解放した瞬間、なにかが弾けたような気分にもなった。

それでもまだ自分が本当に欲しいものを初めて口にしたことが信じられなくて、マティアスを引き留めている指が震える。

そこまでとは思わなかったのに、長年被ってきた自分の殻を破ることが、こんなにも心許ないなんて。

マティアスを引き留めたことで、違う道を選んでもいい筈の彼の未来を自分が潰してしまったのではないかと、今さらになって心配になった。

それに両親を見捨てる選択をしてしまったことも、ヴィクトリアを不安にさせる。

しかしマティアスはクスッと笑ったかと思うと、まるで安心させるようにとても優しく抱きしめてくれた。

「俺も愛しているよ、ヴィクトリア。俺を選んでくれてありがとう」

「ごめんなさい……」

「なんで謝るの？」

「だって、婚約者がいる私がマティアスを愛しているだなんて。私は純潔でもないのに」

なんだか愛を押しつけて、マティアスを呪縛《じゅばく》してしまったような罪悪感があって、申し訳なくなってしまったのだ。

「前にも言った筈だよ、ヴィクトリアは誰よりも純粋で綺麗だって」

「ぁ……」

言いながら目尻や頬にチュッとキスをされて、身体をギュッと抱きしめられる。

その力強さに思わず身を任せたくなったが、本当にいいのだろうか？

こんな自分をマティアスは本当に愛してくれるのだろうか？

しかしそんな不安はただの杞憂《きゆう》だった。

マティアスは本当に嬉しそうに顔中にキスを落としてきて、優しく抱きしめてくれる。

それが嬉しくて微笑んだヴィクトリアは、その時になってようやくリキャルドとの婚約を破棄する覚悟ができて目をそっと閉じた。

すると間もなくマティアスに口唇をそっと塞がれた。

「ん……」

軽く触れてから一度だけ口唇を離し、吐息が絡むほどの至近距離で凝視め合う。

そしてお互いになにも言わずにまた目を閉じると、軽く口唇を合わせられてチュッと吸われてから、今度はもっと深いキスを仕掛けられた。

「ぁ、ん……」

まるで官能を引き出すようなくちづけに、いつしかヴィクトリアも夢中になってしまい、マティアスに抱きつきながら積極的に求めた。

それが伝わったのかマティアスも今まで以上に烈しく口唇を合わせてきたのだが、それだけでは足りないとばかりに舌を潜り込ませてヴィクトリアのそれを搦め捕る。

じゅ、と舌を吸われるだけで腰が甘く砕けそうになり、マティアスに縋りついてやり過ごそうとしても、舌がひらめく度にゾクゾクと感じてしまい、ヴィクトリアはとうとう腰が砕けてしまった。

しかしマティアスが力強い腕で支えてくれているので床に倒れ込むこともなく、さらに深いキスを続けられて――。

「んふ……ん、んん……」

逞しい腕に抱かれながら舌を優しく吸われると、なんだかとても大切にされているような気分になって、ヴィクトリアは身を任せるように抱きついた。

それを難なく受け止めたマティアスは、柔らかな舌を駆使して口腔を舐めてくる。

するとどうしても感じてしまう箇所があり、舐められる度にヴィクトリアが身体をぴくん、と跳ねさせると、マティアスはそこを狙いすまして舐めてくる。

「ぁ、ん……んっ……」

堪らずに口唇を振り解こうとしたがその時には頭をしっかりと支えられていて、いいように舐められ、とうとう支えられていても立っていられないほどになっても、マティアスはまだ足りないとばかりに求めてくる。

「ふ、ぁ……」

愛する人とするキスがこんなにも気持ちがいいものだったなんて。

もちろんマティアスとは何度もキスを交わしたが、自分の気持ちを認めてからするキスはぜんぜん気持ちが違った。

キスだけで上り詰めてしまいそうな気分になり、口唇から蕩けてしまいそうな多幸感があって、とても満たされた気分になれた。

そんなヴィクトリアが愛おしいのだというようにマティアスは身体を撫でてきて、それにも感じて腕の中で身体を跳ねさせていると、間もなく口唇が離れていった。

「ぁ……」

至近距離から凝視められているのはわかったが、ヴィクトリアは恍惚の表情を浮かべて、優しく微笑むマティアスを凝視めた。

凝視め合うだけで愛されている実感が持ててとても幸せな気分になり、ついうっとりと逞しい胸に頬を擦り寄せると、そんなヴィクトリアの頬にまたチュッとキスをしてくる。

それがくすぐったいのに嬉しくて、クスッと笑いながらマティアスに抱きついたままでいたのだが、その時ふいに掬うように抱き上げられた。

「いいね……？」

マティアスがなにを言わんとしているのかがわかって、ヴィクトリアは頬を染めながらも静かに頷いた。

気持ちは既にマティアスにあるのだ。この身を捧げても後悔などしない。

「マティアスこそこんな私で本当にいいの……？」

リキャルドにはさんざん好きなようにされてきたし、ベントにも穢されているし、なによりみっつも年上の自分で本当にいいのだろうか？

「もちろん。ヴィクトリアはこんな私をってよく言うけど、俺はそんなヴィクトリアを心から愛してるんだ……昔からずっと」

「昔から……？」

「その話はおいおいするよ。それより俺の部屋へ行こう」

おでこにチュッとキスをされたかと思うと、力強い腕に抱かれたまま階段を上り、マティアスの部屋へと連れていかれた。

部屋に入った途端にマティアスがいつも纏っている、針葉樹を思わせる少しスパイシーで爽やかなグリーンの香りがした。

それに必要最低限の物しか置いていないリビングは、とても贅を凝らした造りになっていたのだが、それをゆっくりと観賞する間もなく寝室へと連れていかれ、広いベッドにもつれ込むようにして寝転がった。

「ヴィクトリア、愛している……」

「あ、ん……マティアス……」

おでこに、目尻に、頬にと優しいキスを落とされて、くすぐったさにヴィクトリアが微笑んでいる間にも、マティアスがドレスのホックを外していく。

しかしヴィクトリアは抵抗せずにおとなしくしていた。

もうマティアスにこの身を任せるつもりでいたし、抵抗する理由もなかった。

なによりヴィクトリア自身、マティアスと早くひとつになりたいと思っていたから。

しかし一糸纏わぬ姿にされた時はさすがに羞恥を感じて身体を隠したが、そんなふうに恥じらってもマティアスは微笑むだけだった。

「綺麗だよ、ヴィクトリア……」

頬にチュッとキスをしたマティアスは、ため息ともつかない息をつき、それからヴィクトリアの上で自らの服を脱いでいく。

「ぁ……」

「なに？」

「い、いいえ。なんでもないわ……」

不思議そうに声をかけられたが、ヴィクトリアはなんでもないと首を振って頬を染めた。

ベントはおろか今までヴィクトリアを抱いていたリキャルドも、ただの一度もヴィクトリアの前で肌を曝したことがなかった。

だから愛し合う時に男性は服を脱がないものだと思っていたのだが、そういう訳ではないのだと、この時になるまで知らなかったのだ。

これから素肌を合わせるのかと思うだけでドキドキして、ヴィクトリアは服を脱ぐマティアスを凝視めていた。

傷の手当てをする際に何度も目にしたが、相変わらずしなやかなのに逞しい身体だった。巻いてある包帯が痛々しかったものの、マティアスは背中の傷などものともしていない。

そのことにホッとしながらマティアスの様子を見ていると、間もなく一糸纏わぬ姿になり、ヴィクトリアに抱きついてきた。

「ぁ、ん……」

乾いた素肌同士が触れ合う感触はなんともいえず心地好く、思わず声が洩れてしまった。

それが恥ずかしくて長い睫毛を伏せていると、クスッと笑ったマティアスが頬にチュッとキスをしてきた。

「恥ずかしがらないで、感じたままを口にするといい」

「……年下のくせに」

照れ隠しに見上げたが、マティアスは笑ってヴィクトリアの鼻にもキスをする。

そんなじゃれ合いのキスも未経験のヴィクトリアは、たったそれだけのことでも照れてしまって、頬がますます赤くなる。

「そのうちに俺が年下だなんて気にしていられなくなるよ」

「ぁっ……っ……」

大きな手で身体をスッと撫で下ろされただけでゾクゾクするほど感じてしまい、ヴィクトリアは息を凝らした。

すると今度は肌の感触を確かめるように、指がゆっくりと這い上がってくる。

「ぁ、ん……」

ただ身体を撫でられるだけの、こんなに優しい愛撫をヴィクトリアは知らない。

マティアスが触れた箇所から甘い疼きが湧き上がってくるようで、なんだか落ち着かない気分になり、ヴィクトリアは戸惑いにアメジストの瞳を揺らした。

「安心して。ヴィクトリアはなにもしなくていいよ」

「マティアス……」

頬にチュッとキスをされたかと思うと耳朶を優しく噛まれて、思わず肩を竦めた。

するとマティアスは耳の中へ息を吹き込むようにして、愛を何度も囁いてくる。

たったそれだけのことなのに胸が甘くときめいて、少しもジッとしていられない。

思わず身を捩ったがマティアスはごく自然とついてきて、身体をじっくりと愛撫しながら耳を舐めてくる。

「あ、ん……」

身体を撫でられて耳を舐められただけなのに、今まで感じたこともないような快感が湧き上がってくる。

直接的な身体の快感ではなく、心が先に快楽を感じているようなとても不思議な気分になり、ただ身体を合わせているだけで満たされた気分になった。

「ヴィクトリア、愛してる……誰よりも君を……」

「あっ……ぁ……」

耳許で囁かれただけで達してしまいそうなほど感じてしまい、身体を強ばらせているとマティアスは緊張を解すようにまた身体を撫でてくる。

そしてごく自然と乳房に触れられたがちっともいやではなくて、むしろ優しい手に包まれると、とても安心できた。

「すごくドキドキしているね。俺の鼓動も感じて」

言われて厚い胸に手を添えると、自分に負けないくらいの鼓動が伝わってきた。

「マティアスもドキドキしているわ」

「ヴィクトリアをこの手で愛することができるからだよ」

微笑みながら言われただけで胸の鼓動が跳ねるのがわかった。

もちろんマティアスにもそれは伝わっていたようで、クスッと笑われた。

そしてまるで壊れ物を扱うように乳房を優しく揉みしだかれて、ヴィクトリアは思わず胸を反らせた。

するとマティアスは既にぷっくりと尖っている乳首を指先で優しく摘まみ、官能を引き出すように速く擦りたててきて——。

「あっ……ん、ぁ……は……」

乳首を弄られるだけですぐに感じてしまう淫らな自分に呆れていないか心配になったが、マティアスは特に気にしていないようだった。

むしろ自らの愛撫でヴィクトリアが甘い声を洩らすのが嬉しいようで、その様子を見ながら弄ってくるのだ。

「あ、あまり見ないで……」

感じている顔を凝視められるのが恥ずかしくて長い睫毛を伏せると、マティアスはクスクス笑いながら乳首をまあるく撫でてくる。

そしてすっかり芯を持った乳首を、何度も何度も優しく摘まみ上げてきた。

「あ、んん……あ、あっ、あぁ……」

「これが気持ちいい？」

「ぃや……訊かないで……」

「好いんだね……もっと気持ちよくしてあげるよ」

そう言ったかと思うとマティアスは、乳房に顔を埋めた。

そして乳房の柔らかさを堪能するように触れてきて、弄っている乳首を口の中へちゅるっと吸い込んだ。

「あぁっ……！」

柔らかい口唇に挟み込まれただけでも衝撃的だったのに、マティアスはなんの躊躇もなく乳首に舌を絡めて吸ってくる。

ざらりとしているのに柔らかくぬめった舌で乳首を刺激されると、堪らない愉悦が湧き上がってきて、ヴィクトリアは胸を反らせたまま蕩けきった声をあげた。

それが気に入ったのかマティアスは舌先で乳首をつついたりざらりと舐めたりを繰り返し、時折優しく歯を立ててくる。

「ん、あっ……あぁ、あん……」

舐められていないほうの乳首も優しく摘まみ上げられて、同時に刺激されるともうどうにかなってしまいそうだった。

「あぁ、マティアス……私……」

自分がこんなにも感じやすいとは思ってもみなくて戸惑いながらも名を呼ぶと、マティアスはさらに音をたてて乳首を吸ってくる。

「んん……」

これまで乳首を舐められたことのないヴィクトリアはどうしていいのかわからずに、ただ胸を反らすことしかできない。

まさか乳首を舐められるだけで、こんなにも気持ちがいいなんて。

リキャルドに乱暴に扱われてきただけに、マティアスの優しい愛撫に身体が溶けてしまいそうだった。

「あぁ、マティアス……マティアス……！」

「……可愛いよ。俺が少し舐めただけで戸惑っちゃって。もっと優しく愛してあげるから期待してて」

「あぁ、そんな……」

これ以上優しくされたら自分がどうなってしまうかわからなくて、ヴィクトリアは少し不安になってしまったが、もう片方の乳首を舐められながら濡れた乳首を指先でくりくりと弄られているうちに、またマティアスの愛撫に夢中になってしまった。

「あ、んっ……あ、あぁ……」

ちゅうぅっと音がたつほど吸われたかと思うと、舌で押し潰すようにざらりと舐められて、そのあまりの気持ちよさに首を横に振りたてた。

しかしマティアスはやめてくれず、濡れて光るベビーピンクの乳首を同時に指先で弾くように刺激してきた。

「あぁん……だめぇ、それだめ……」

「どうして？　こうやって弄ると感じすぎちゃう？」

「んっ……！」

こうやってと言いながら触れるか触れないかというギリギリのところで乳首を速く刺激されると、蕩けきった声があがってしまう。

するとマティアスはクスッと笑いながら乳首をきゅうぅっと摘まみ上げて、先端をそっとつついてくる。

「あ、ん、あっ……あっ……」

「好いみたいだね。こうやって乳首を弄られるのが好き？」

「やぁ……」

顔を覗き込まれるのが恥ずかしくて思わず両手で覆うと、マティアスは熟れた頬にキスをしてから乳房を優しく揉みしだき、そしてまた乳首にチュッと吸いついてきた。

「アン……だめ、もうだめぇ……！」

このままでは胸を弄られただけで達してしまいそうで、髪に指を埋めて引き離そうとしたが、マティアスは乳首に吸いついて離れない。

それどころかヴィクトリアが引き離そうとすると、吸ったり舐めたりを繰り返してきて、髪に埋めていた手はいつの間にか髪を掻き交ぜることしかできなくなった。

「あんん……あん、ん……あん、あっ……」

乳首を吸われる度に甘い感覚が湧き上がってきて少しもジッとしていられず、ヴィクトリアはシーツの上で身体を波打たせた。

それでもマティアスは宥めるように身体のラインを撫でては乳首を舐めていたのだが、ヴィクトリアが快感に身体をぴくん、ぴくん、と跳ねさせるようになると、身体を撫でていた手で秘所を覆ってきた。

「ぁ……」

思わず身体を硬くして身構えたが、マティアスは頬にチュッとキスをしてヴィクトリアの緊張を解し、中指を秘裂に挿し込んでクスッと笑った。

「嬉しいよ、もうこんなに感じてくれていたんだね」

「いや……」

「なにも恥ずかしがることはない」

「あっ……」

指を折り曲げた瞬間にくちゅっと粘ついた音がたち、ヴィクトリアは羞恥に頬を染めた。胸を優しく愛撫されただけでシーツに染みを作るほど濡れていたなんて、淫らな女だと軽蔑されたかもしれない。

そう思ったら不安になっておずおずとマティアスを見上げると、ふと微笑み返された。

「俺の愛撫でこんなに感じてくれてすごく嬉しい」

リキャルドならこういう時にもっと酷い言葉で追い詰めてくるのに、嬉しいと言われて胸の奥が熱くなった。

「あっ、あまり言わないで……」

「本当にいやなら言わないけど、少し恥ずかしいことを言われたほうが感じるだろ。ほら、このくちゅくちゅ音がしてるのはなに？」

「いやぁ……」

指摘されたとおり少し恥ずかしいことを言われるとより感じてしまい、蜜口がきゅん、と甘く疼いた。

するとマティアスはクスッと笑い、溢れ出す愛蜜を掬い取り、陰唇を掻き分けるように撫で上げ、その先にある秘玉をくりっと擦り上げた。

「あぁ……！」

ぬめった指先で包皮に包まれている秘玉をころころと転がされているうちに、どんどん気持ちよくなってきて、ヴィクトリアは腰を突き上げるように跳ねさせた。

それでもマティアスが熱心に弄るせいで、秘玉が昂奮にぷっくりと顔を出すと、さらに熱心に擦り上げられる。

「気持ちいいんだね、ヴィクトリア……ここを弄られるのが好き？」

「やぁ……あ、あっ、あぁ……」

「ほら、どこが気持ちいいのか教えてよ」

「いやぁ……あぁ、訊いちゃいや……」

秘玉を弄りながら少し淫らな質問をされるだけで、蜜口がきゅんきゅんと甘く疼く。

それを知っていながらマティアスは秘玉をくりくりと弄っては、蜜口もじっくりと撫でてきて、ヴィクトリアから快感をもっと引き出そうとする。

「あぁん、マティアス……私もう……」

かつてこれほど丁寧に愛された記憶がないヴィクトリアは、どうしていいのかわからずに首を横に振りたてた。

特に秘玉をこんなに優しく、そして少し意地悪く弄られるのも初めてのことで、限界を訴えるようにつま先がくぅっと丸まる。

身体も徐々に強ばってきてシーツを摑んで堪えていたのだが、蜜口の中に指を挿入されてくちゅくちゅと抜き挿ししながら秘玉を弄られると、もう我慢が利かなくなってきた。

「あぁ、マティアス……本当にもう……！」

「我慢しないで達っていいんだよ」

そう言いながらさらに烈しく抜き挿しをされて、ヴィクトリアは戸惑いながらも身体を強ばらせた。

そして秘玉をくりっと擦り上げられた瞬間、我慢できずに達してしまって――。

「あぁぁあん……っ……あっ……っ……！」

あまりに強い絶頂に息すら止まり、快美な刺激に浸った。

そして息を吹き返した途端に胸が上下するほどの呼吸を繰り返していたのだが、ひくん、ひくん、とマティアスの指を締めつける度に小さな絶頂が訪れて、ヴィクトリアは身体を強ばらせて快感が退いていくのを待った。

（これが本当の絶頂なの……？）

思わずそう心の中で呟いてしまうほど、感じたことのない深い絶頂だった。

四肢まで痺れるほど感じたのも初めてのことで、しばらくは夢見心地でいたのだが、身体が落ち着いてきたのを見計らったマティアスが、また指を抜き挿し始めた。

「は、ぁ……あ……？」

「もっと感じていいよ」

「あぁ、待って……これ以上したら私……」

自分がどうなるかわからなくて不安にアメジストの瞳を揺らすと、マティアスはクスッと笑って、そんなヴィクトリアの膝にチュッとキスをした。

そしてなんの躊躇いもなく秘所に顔を近づけたかと思うと、蜜口から秘玉に向かって舐め上げてきて、そのあまりの快感と驚きにヴィクトリアは目を瞠った。

「やっ……な、なにを……」

「ヴィクトリアにはたくさん感じてもらいたいんだ。だからそんなに不安な顔をしないで」

「けれど、あっ……あぁん、あっ……あぁ……！」

腰を退こうとしたのを察したマティアスに脚を大きく開かれて、秘所を口で愛された。

舌がひらめく度にぴちゃっと音がするのが恥ずかしい。

しかし今まで感じたこともないような甘く蕩けるような快感に、腰が自然と揺れてしまうのを止められない。

特に秘玉を舌で舐められると舌のざらつきまでわかるほどで、腰が勝手に持ち上がってしまい、マティアスにちゅうぅっと吸われてしまう。

「ん、だめ、だめぇ……！」

堪らずに首を横に振りたてたがマティアスは構わずに陰唇や蜜口の中まで舐めて、ヴィクトリアが達きそうになると、また秘玉を口の中へちゅるっと吸い込み、蜜口の中へ指を挿し入れる。

「あぁん、あん、や、あぁ、あっ、あっ、あぁ……！」

ちゃぷちゃぷと音をたてながら抜き挿しをされて、昂奮にすっかり包皮から顔を出している秘玉に吸いつかれると、もう少しも我慢できなかった。

「いっやぁぁあん……！」

二度目の絶頂はあまりに刺激的で、腰がひくん、ひくん、と跳ねてしまうのを止められなくなった。

それでもマティアスは隘路に指を埋めたまま、秘玉を何度も何度も吸ってくる。

「いやぁ……達ったの、もう達ったのぉ……！」

恥ずかしいのを堪えて達ったことを伝えたが、マティアスは聞こえていないとばかりに秘玉を舐めては吸ってくる。

「んぅ……あっ、あっ、あっ……」

吸われる度に身体が強ばって脚の付け根がひくん、と痙攣してしまう。

もう触れられてもいない乳首もツン、と凝りきり、全身がすっかり性感帯になってしまったようだった。

「あ、ん……や、やぁ……」

徒《いたずら》に触れられるだけでも大袈裟なほど反応してしまい、アメジストの瞳が涙で潤んでくるようになると、マティアスはようやく秘所から離れた。

それでもまだマティアスに舐められているような感覚がして、秘所がひくひくと反応しているのがわかる。

それをマティアスに見られていると思うと恥ずかしいのに、何度も達った身体はもう自分の意思では制御ができなくなっていた。

「気持ちよかった？」

「ん、知らないわ……」

「ならばもっとしてあげようか？」

「も、もう充分よ」

恐ろしいことを言うマティアスに焦って肩を押すと、クスクス笑われて、からかわれたことを知った。

恨みがましい目つきで見上げると、おでこにチュッとキスをされて、秘所に熱い楔を押しつけられた。

「そろそろ俺を受け容れてくれる？」

「ぁ……」

「ヴィクトリアの中で遂げたい。いい？」

これだけ尽くして愛してくれたマティアスを拒む理由などないが、それを言葉にするのは恥ずかしすぎて、ヴィクトリアはギュッと抱きついた。

それでも言葉にしなければ伝わるものも伝わらないと思い直し、おずおずと見上げた。

「……わ、私で気持ちよくなって……」

「ありがとう、ヴィクトリア。うんと気持ちよくしてあげる」

手を取られたかと思うと手の甲に熱烈なキスを受けて、頬擦りをされた。

その仕草を見ていたら胸がいっぱいになり、ヴィクトリアもようやく素直になることができて、ごく自然と微笑んだ。

「私をマティアスのものにして」

「ヴィクトリア……あぁ、夢を見ているみたいだ」

素直な気持ちを口にすると、マティアスはとても感激した様子で抱きしめてきた。

そんなマティアスが愛おしくて、ヴィクトリアもそれに応えた。

そして互いに繋がる形になり、マティアスがゆっくりと中に挿ってくる。

「ぁ……っ……」

最奥まで貫かれた瞬間は息を凝らしてしまったが、行き着いた途端に二人して微笑み合っていた。

そして両手を繋いだままずくずくと突き上げられて、最奥をつつかれる度にヴィクトリアは蕩けきった声をあげた。

「あぁ、あん、あっ、あっ、あっ……あっ、あぁ……」

「ヴィクトリア……愛している……」

穿たれている間も常に愛を囁かれることが、こんなに幸せだとは思わなかった。

これこそがまさに愛の行為なのだと実感できて、ヴィクトリアはつい嬉し涙を浮かべた。

しかしその涙もマティアスはすぐに吸い取ってくれて、ヴィクトリアの身体をいたわるように抱きしめて快楽へと誘ってくれる。

「あん、あっ……あ、あっ、あっ……」

「どうしようもなく気持ちいいんだね、俺のヴィクトリア……」

「んっ……マティアスは？　マティアスも気持ちいい……？」

「もちろんだよ。ヴィクトリアの中が絡みついて、俺を放そうとしないから……持っていかれそうだ、とため息交じりに呟くと、マティアスはずちゅくちゅと淫らな音をたてて烈しく抜き挿しをする。

それが気持ちよくてヴィクトリアもマティアスの腰に脚を絡めて、高みを目指した。

マティアスの逞しく反り返った淫刀が、媚壁を擦り上げていくのが堪らなく好くて、吸いつくのが自分でもわかる。

するとマティアスは息を凝らして、ヴィクトリアの中をまたずくずくと突き上げてくる。

「あぁん、あっ、あ、あっ、あっ、あっ……」

くちゃくちゃと呆れるほど淫らな音をたてて、マティアスが出入りする。

穿たれる度に蕩けきった声がひっきりなしにあがってしまうが、マティアスになら淫らな自分も曝け出すことができた。

それこそが愛している証拠のようにも思えて、突き上げられる度に歌うように声をあげていたのだが――。

「あぁっ……！」

視界が反転したかと思った次の瞬間には体勢が入れ替わっていて、気がつけばマティアスを跨《また》ぐ体位になっていた。

「素敵だよ、ヴィクトリアのすべてが見えて……」

「いやぁ……」

たぷたぷと揺れる乳房だけでなく、繋がった箇所もよく見えているようで、マティアスが満足そうに凝視めてくる。

その視線を感じるだけでも淫らな気分になってきて、ヴィクトリアは自ら腰を使ってマティアスを快楽へ誘った。

「あぁ、お願い、そんなに見ないで……」

「ずっと見ていたいくらい綺麗だよ。さぁ、もっと腰を使ってみせて……」

「あン……あっ、あぁ、あっ、あっ、あぁ……！」

言われるがまま腰を淫らに使ってマティアスをのみ込むと、中でびくびくっと反応する。感じてくれているのがわかり、さらに貪婪に腰を動かし、自らも気持ちよくなっていると、マティアスが手を伸ばして秘玉に触れてきた。

「やぁあん……だめぇ……！」

だめだと言ってもマティアスは秘玉をくりくりと弄ってくる。

その刺激でマティアスをきゅんきゅんと締めつけると、息を凝らしたマティアスが腰を摑んできた。

下から突き上げられているうちに、媚壁がひくひくっとマティアスに吸いついた。

そこをくちゃくちゃと淫らな音がするほど搔き混ぜられるのがどうしようもなく好くて、ヴィクトリアは背を弓形に反らせた。

「あぁ、あん、あっ、あっ、あぁ……！」

マティアスが支えてくれたおかげで倒れ込むことはなかったが、あまりの刺激に媚壁がきゅうぅっと締まった。

するとマティアスも息を凝らして最奥を何度も何度も突き上げてきて――。

「や、あ……やあぁぁあん……！」

堪らずに達して中にいるマティアスを思いきり締めつけると、遅れてマティアスもヴィクトリアの中に熱い飛沫を浴びせてくる。

「ぁ……あ……っ……ぁ……」

腰を何度か打ちつける毎に残滓を浴びせられて、その度に小さな絶頂を何度も味わった。
そしてがくりとマティアスの胸へ倒れ込むと、頭を持ち上げられて深いキスを受けた。
舌と舌を絡ませ合い、まるで想いの丈を伝え合うようなくちづけをして、最高に気持ちのよかった交歓の余韻を分かち合う。
そしてチュッと音をたてて口唇が離れていったかと思うと、頬や目尻にも優しいキスをされて、逞しい胸の中へ包み込まれた。
しっとりと汗ばんだ身体を合わせているだけでも幸せで、マティアスの鼓動を聞きながら目を閉じていると、ふいに髪を優しく撫でられた。

「疲れただろう？」

「えぇ、けれどとても幸せよ」

「俺も。これでヴィクトリアは俺のものだね」

そう言いながら頬にチュッとキスをされて、くすぐったさに肩を竦めると、今度は耳朶にもキスをされて思わず声をあげて笑ってしまった。

「うん、やっぱりヴィクトリアは笑っているほうがいい」

「そんなに笑ってなかったかしら？」

「自覚がないのも考えものだな。けどいいよ、これからはずっとヴィクトリアが笑っていられるように俺が守るから」

おでことおでこをくっつけて微笑みかけられて、ヴィクトリアも微笑んだ。

こんなに幸せでいいのかと思うほど幸せで、とても満たされた気分になれる日が来るなんて思いもしなかった。

人を愛するということが、これほど幸せなことだったなんて。

それを教えてくれたのがマティアスで良かったと思いながら微笑むと、マティアスも微笑んでくれて、どちらからともなくキスを交わした。

「あぁ、それとヴィクトリアのご両親への援助も任せておいて」

「けれどベルセリウス公爵家の財産管理はリキャルド様が……」

すべてを言い終わる前にギュッと抱きしめられた。

見上げてみるとマティアスはニヤリと笑いながら遠くを凝視めていて――。

「大丈夫、秘策があるから。ヴィクトリアは心配しなくていいよ」

マティアスの深蒼色の瞳が冷たく光ったような気がして不安になったが、頬にキスをされて逞しい胸に抱き寄せられてしまい、それ以上の追及はできなかった。

両親への援助をしてくれるのは嬉しいが、いったいなにをするつもりなのだろう？

それを思うと心が騒いだが、マティアスを選んだヴィクトリアはなにも考えないように静かに目を閉じた。

＊第六章　蕩ける蜜の味＊

温室に咲く薔薇をゆったりと観賞していたヴィクトリアは、その美しさに息をついた。

愛されている心の余裕の表れか、その表情はとても穏やかで満ち足りていて、そして幸せそうだった。

マティアスと結ばれたあの日から、毎日愛の言葉を囁かれているせいかもしれない。

まさか自分がこんなにも幸せを実感できる日が来るとは夢にも思わなかったが、マティアスのおかげで毎日がとても充実している。

今日は王宮へ出仕しているので帰ってくるのがとても待ち遠しいが、待っている時間さえマティアスのことを考えていれば幸せで、顔が自然と綻ぶ。

（マティアスは喜んでくれるかしら？）

今日は寒い中マティアスが出仕すると知ったので、ヴィクトリアは厨房を借りてセムラという甘い菓子パンを作っておいたのだ。

ボウルに入れて温かいミルクをかけて食べるデザートパンで、ミルクをかけると中に詰め込んだアーモンドペーストとホイップクリームが蕩けてとても美味しく、オーグレーン王国では冬の定番のお菓子だ。

愛する男性の為になにかをすることがこんなに楽しいなんて、マティアスがいなければ気づくこともなかったが、そんな楽しみに気づかせてくれた彼が愛おしくて堪らなかった。

（けれどこんな生活もあと二日程度で終わるのよね……）

リキャルドが遠征から抜き打ちで帰ってくることを思うと、気分が一気に落ち込む。

マティアスは秘策があるから大丈夫だとヴィクトリアに言い聞かせてくれるが、秘策とはいったいなんなのだろう？

いくら訊いても甘いキスで誤魔化されてしまい、ヴィクトリアはマティアスがなにをするのか知らない。

（もしもマティアスの秘策が失敗して、リキャルド様に斬られたら私も一緒に……）

そこまで真剣に思い詰めるほど、もうマティアスなしでは生きられない。

両親を残して先に旅立つのは心残りだが、本気でマティアスを愛しているからこそ、最期は一緒に逝《い》くつもりでいた。

（リキャルド様ではなくマティアスを選んだのだもの。もしもの時はこの命を絶つわ）

そんな決心をしつつ、静かに目を閉じてマティアスの秘策の成功を祈っている時だった。

背後からいきなり抱きしめられて、ヴィクトリアは跳び上がるほど驚いて振り返った。

するとそこには出仕した筈のマティアスの姿があって——。

「ただいま」

「おかえりなさい、マティアス。ずいぶんと早く戻れたのね」

「今日はミーティングだけだったからね。それよりなにを真剣に祈ってたの？」

「……秘密よ」

健気な決意をしたが、なんだかそれを言ったらマティアスが不機嫌になってしまいそうで誤魔化すと、背後からギュッと抱きしめられた。

「秘密は昔から胸の奥に隠してあるものだよね、ヴィクトリアもここに隠している？」

「マ、マティアス……」

胸をつんつんとつつかれて、ヴィクトリアはこれ以上ないというほど真っ赤になった。

今日は胸の谷間も露わなドレスを着ていたせいで直接乳房に触れられてしまい、困り果てて振り返ったが、マティアスは楽しげに乳房を押してくる。

「まだ言う気にならないなんて、どんな秘密が隠れてるのか興味があるな」

「あ、ん……だめ……」

だめだと言ったのにマティアスはドレスの中に手を潜り込ませ、まだ眠っている乳首を指先で挟んだ。

　そして柔らかく摘まみ上げてはくりくりと転がし、まあるく撫でてくる。

「どうしたの、ヴィクトリア。肩が竦んでいるよ」

「だってマティアスが……」

「俺がどうしたの？」

「あ、だめ……」

　すっかり甘い雰囲気になり、ぷっくりと膨らんだ乳首を弄られることに気を取られているうちに、マティアスがドレスのホックを外して乳房だけを外気に曝した。

　そして両方の乳首を指先でそっと擦り上げたり爪弾いたりして、乳首がすっかり尖りきるまでじっくりと弄られる。

「マティアス、待って……こんな場所で……」

「大丈夫だよ、みんな遠慮して近づかないさ」

「けれど……」

　ガラス張りの温室で淫らなことに耽っている姿を使用人に見られたらと思うだけで、ドキドキしてしまってちっとも落ち着かない。

　なのにマティアスは背後から乳房を掬い上げるように触れて、乳首を指先でゆっくりと弄ってくるのだ。

「ここに咲いているどの薔薇よりも可愛いベビーピンクの乳首だね」

「ぁ、あん……」

「ぷっくり尖ってるのに柔らかくて、食べたくなるくらい可愛いよ」

「やぁっ……」

あまりに恥ずかしいことを言われて、ヴィクトリアは肌を染め上げた。

しかしヴィクトリアもこの甘い雰囲気にすっかり流されていて、本気で抵抗はせずにいると、マティアスはクスッと笑って向き合う形で抱きしめてきた。

「ほら、これなら俺しか見えないからいいだろう」

そう言いながらおでこや頬にチュッとキスをしたマティアスは、最後に口唇を塞いだ。

「ん……」

優しいキスについうっとりと身を任せていると、悪戯な指が乳首をまた刺激してきた。

思わず胸を反らせて甘く疼く感覚をやり過ごそうとしたが、乳首をきゅううっと摘まれた瞬間、ヴィクトリアは堪らずに口唇を振り解いた。

「んやぁ……」

甘い声をあげていやいやと首を横に振っても、マティアスは構わずに首筋に顔を埋めてきて、そこから徐々に口唇を下にずらしていく。

そして期待に打ち震える乳首に辿り着くと、交互にチュッとキスをして口唇に挟み込んで軽く引っぱってきた。

「んっ……」

痛くない程度に引っぱられてから口唇を離されると、乳房がぷるん、と揺れて甘く疼く。

それを交互に繰り返されているうちに、すっかり淫らな気分が高まってしまったヴィクトリアは、こっそりと脚を閉じ合わせた。

白昼の温室で愛する男性と淫らな遊戯に耽っているうちに、秘所がすっかり潤んできてしまったのだ。

しかしそれを知られるのが恥ずかしくて、素知らぬ顔をしてマティアスの好きなようにさせていたのだが、ウエストに指が食い込むほど強く抱きしめている手が腰まで移動してきて、まるでピアノを弾くように撫でてくると、腰が甘く疼いてしまって――。

「あっ……」

思わず声をあげると、マティアスはクスッと笑いながら顔を寄せてきた。

そして耳朶を優しく噛みながら囁くのだ。

「もう濡れてる？」

「ぁ……」

咄嗟に嘘がつけなくて長い睫毛を伏せると、マティアスは楽しそうに微笑んでギュッと抱きしめてくる。

そしてゆっくりとドレスのスカートをたぐり上げ始めた。

「ま、待って……恥ずかしいわ……」

「ヴィクトリアの秘密を見たいんだ。いいだろう?」

甘く囁かれると強く拒否もできずにおとなしくしているうちに、スカートを捲り上げられて秘所を露わにされた。

その途端に目をギュッと閉じたが、目を閉じていてもマティアスの視線が秘所を這うのがわかって、ヴィクトリアはこれ以上ないというほど真っ赤になった。

「綺麗だよ、ヴィクトリア。ここに咲くどの薔薇もヴィクトリアの美しさには負けるね」

「あ、ん……あまり見ないで……」

「見るだけじゃないよ。ここに触れたらヴィクトリアはどうなるんだろうね?」

「あぁ……」

秘裂に指を挿し込まれた途端にくちゅっと粘ついた音がたち、その淫らな音を聞いたら腰が砕けてしまった。

マティアスが支えていたおかげで倒れ込むことはなかったが、そのあとも立て続けに陰唇を撫でられると甘い感覚が腰に響いて、ヴィクトリアは堪らずにマティアスに縋った。

「すごく濡れてる……そんなに気持ちよかった?」

「訊いちゃいや……」

「ヴィクトリアのことはなんでも知りたいんだ。これも気持ちいい？」

「あぁっ……」

くちゅくちゅと音をたてて陰唇を撫で上げられたかと思うと、濡れた指で秘玉をくりゅん、と刺激されて、ヴィクトリアはその甘い感覚に背を仰け反らせた。

するとマティアスは秘玉に狙いを定めてぬるぬると擦り上げてきて、あまりの快感にヴィクトリアは堪らずにマティアスの服に爪を立てた。

それでもマティアスは弄るのをやめずに、ぷっくりと膨らむ秘玉をくりくりと優しく撫でてきて——。

「やぁん、んっ……ぁ……」

「いや、じゃなくて好いの間違いだろ。こんなに可愛く膨らませて……」

「あぁん、だめ、だめぇ……」

だめだと言ってもマティアスは秘玉をころころと転がし、時折くりゅっと押し潰す。

それが堪らなく好くて、自分の足で立っていることも難しくなってきたヴィクトリアがマティアスに、身体を預けて息を乱していると、マティアスはマントを脱いで床に敷いた。

そして自ら横になってヴィクトリアを跨がせ、尚も秘玉を刺激してくる。

「あぁん、そんな……だ、だめぇ……」

いやいやと首を横に振ってみても、マティアスは楽しげに秘玉を弄り、きゅうぅっと軽く引っぱるのを繰り返す。

少し意地悪く弄られても堪らなく気持ちよくて、蜜口が早くマティアスを咥え込みたいとひくん、ひくん、と収縮を繰り返す。

しかし自ら欲しいとは言えずに堪えていると、マティアスはまるでヴィクトリアの心を読んだかのように、秘玉だけでなく蜜口の中に指を挿し入れてきた。

「あん、あっ、あ……」

指を抜き挿しされる度に、ちゃぷちゃぷと派手な水音がたつのが恥ずかしい。

それでも気持ちよくてヴィクトリアは自らスカートを握りしめて、マティアスの指淫に酔いしれた。

しかしふと辺りを見まわせばガラス張りの温室で、屋外も同然の場所で情事に耽っているのだと思うと、羞恥にマティアスの指をきゅうぅっと締めつけてしまう。

「すごいな……早く欲しい？」

「あん、あっ、あぁ……あ……」

隘路を寛げるように指を抜き挿しされながら訊かれたが答えられる訳もなく、涙目でマティアスを見下ろすと、苦笑を浮かべられた。

「俺としてはもっと欲しがってほしいんだけど、その物欲しそうな表情《かお》が見られたからいいかな。少し腰を上げて」

「んっ……」

言われたとおりに腰を浮かせると、マティアスはトラウザーズを寛げた。

その途端に反り返る熱がぶるん、ととび出して、先端が蜜口をつついてきた。

「自分で挿れてごらん……」

「あ、ん……」

言われるがままマティアスの熱に手を添えて、自ら腰を落としていく。

息を逃がして張り出した先端をあっさりとのみ込み、そのまま一気に腰を落として秘所が密着するほど深くまでマティアスを迎え入れる。

その瞬間に腰の奥から甘い疼きが湧き上がってきて、媚壁がマティアスにじわじわと絡みつくのがわかった。

「……ッ……堪らないな……」

「あぁっ……あっ、あん……」

息を凝らしたマティアスが下から突き上げてくるのが好くて、ヴィクトリアは堪らずにギュッと抱きついた。

するともっと気持ちよくなれて、最奥をつつかれる度に甘い声をあげ続けた。

マティアスも同じように快感を得ているようで、中でびくびくっと脈動する。

それが嬉しくて、ヴィクトリアはお互いが気持ちよくなれるように突き上げられるのに合わせて腰を使った。

「あん、あっ、あっ、あっ……あんん、あっ……」

繋がった箇所からくちゃくちゃと呆れるほど淫らな音が聞こえるが、一度咥え込んでしまうと止まらなくて、自らの最も感じる場所に当たるように腰を動かす。

「あっ、ん、マティアス……お願い、見ないで……」

「なんでさ。気持ちいいように腰を使うヴィクトリアは最高に綺麗だよ……」

「んん……ぁ、あぁん、あっ、あっ……」

言葉にされると余計に恥ずかしくなったが、先端の括れで好い箇所を擦り上げられるのが堪らなく好くて、腰が淫らに動いてしまう。

そんな自分をマティアスが見ていると思うと身体が燃えるように熱くなって、いつしかヴィクトリアは行為に夢中になった。

「あんん……あっ、マティアス……」

「これが好い……?」

「いやぁ……」

最も感じる箇所をずくずくと突き上げながら訊かれて、ヴィクトリアはいやいやと首を横に振った。

「いやならやめるよ。それでもいいの?」

「あぁ、待って……」

「ならば好いって言わないと……」

「んぅ……」

答えるのを待ってマティアスがジッと凝視めてくる視線にすら感じて、ヴィクトリアはぞくん、と背を仰け反らせた。

正直に言わなければ高みに上り詰め始めた身体を持て余してしまう。

そう思ったら恥ずかしいからと口を噤んでいる場合ではなく、羞恥に瞳を潤ませてマティアスを凝視めた。

「ん、ぁ……ぃい……好いの……」

「どこを擦るのが好いの？」

「あん、そこ……そこを擦られると私もう……」

「感じちゃう？」

クスッと笑いながら囁かれた途端に達ってしまいそうになった。

四肢を強ばらせることでなんとか思い止まったが、恥ずかしい質問を受けたせいで身体がより敏感になってしまい、下から軽く揺さぶられるだけでもゾクゾクするほど感じる。

突き上げられる度にふるふると揺れる乳房もすっかり敏感になっていて、乳首がぷっくりと尖りきったままになっている。

そんな淫らな自分の姿をすべて見られているのだと思うだけで感じてしまい、蜜口がきゅん、とマティアスを締めつけてしまう。

「堪らないな……わかる？　俺に吸いついて離れないよ？」

「やぁん、あん、あっ、あん、あっ……」

ゆさゆさと揺さぶられる度に最奥を擦られるのが堪らなく好くて、つつかれる度に甘い声が洩れる。

その間もマティアスは烈しい律動をし、ヴィクトリアから蕩けきった声を引き出した。

抜け出るギリギリまで一気に退いたかと思うと浅い箇所をじっくりと突き、ヴィクトリアが焦れったくなって堪らずに腰を淫らに揺らめかせると、不意を衝いて最奥まで一気に押し入ってくるのだ。

「あん、あっ、あぁん、あっ、あっ……」

そんな不意打ちも気持ちいいばかりで、媚壁が淫刀にしっとりと絡みつき、早く浴びせてほしいとでも言うように、何度も何度も吸いつく。

それがマティアスにも気持ちがいいようで、中でびくびくっと跳ねた。

二人の息がぴったりと合うと得も言われぬほど気持ちよくて、どこまでが自分でどこからがマティアスなのかわからないほどの一体感があった。

それがなんだか嬉しくて微笑むと、中にいるマティアスがまたびくびくっと反応した。

どうやらもうマティアスも限界が近いようだった。

「まいったな……もっと楽しむつもりだったのに……」

「あっ……！　あぁん、あ、あっ、あっ、あ……！」

起き上がったマティアスの膝に乗せられたかと思ったらがくがくと揺さぶられて、ヴィクトリアは蕩けきった声をあげた。

本気を出したマティアスの勢いはすごくて、媚壁をくちゃくちゃと掻き混ぜられる。

「すごいな……俺にしゃぶりついて放さないよ」

「あ、んん……それはマティアスが……」

「俺が……なに？」

「あん、んん……い、いやぁ……！」

話し合っている間にも烈しく穿たれてしまい、答えることもできずにマティアスに抱きついて、ついて行くので必死だった。

男らしく引き締まった腰に脚を絡めて迎え入れると最奥をずくずくとつつかれて、ヴィクトリアの身体も高みに向かって徐々に強ばり始めた。

するとマティアスはヴィクトリアの身体を抱きしめ、がくがくと揺さぶってきて――。

「やっ……や……あ、いやぁあん……っ……！」

いつもより深くにマティアスの熱い飛沫を受けた瞬間に達してしまい、ヴィクトリアは背を仰け反らせた。

媚壁もマティアスをもっと奥まで誘うように吸いつき、搾り取るような仕草をする。

それが好いのかマティアスは何度も腰を打ちつけて、残滓を浴びせてくる。

その度にヴィクトリアも小さな絶頂を感じ、腰をひくん、ひくん、と跳ねさせて息を乱していると、嚙みつくようなキスをされて舌を搦め捕られた。

「ん、ふ……」

なにも考えずに舌を摺り合わせるのが気持ちよくて、ヴィクトリアも夢中になって応えているうちに、キスは次第に穏やかなものになり、最後にはチュッと触れ合うだけの戯れのようなキスへと変化した。

そして頬にもキスをされてくすぐったさにクスクス笑っていると、マティアスも微笑みながらギュッと抱きしめてくれた。

「つらくなかった？」

「ええ、大丈夫よ」

「それでいったいなにを祈ってたの？」

顔を覗き込まれてしまい、ヴィクトリアは長い睫毛を伏せた。

不機嫌になってしまうかもしれないが、身も心もひとつになれた今なら言える気がしてマティアスを凝視めると優しく微笑まれて、それに勇気をもらい言う決心がついた。

「リキャルド様が戻ってきた時の秘策が上手くいくように祈っていたの。それと……」

「それと？」

「もしも秘策が失敗して、マティアスが命を落とすことになったら、私も一緒に逝こうって決心してたの」

恐る恐る見上げるとマティアスは少し驚いた顔をして、それからふと微笑んでヴィクトリアの頭を撫でてきた。

「大丈夫だよ、秘策は必ず上手くいく」

「本当に……？」

「あぁ、だからそんなに悲しい決心はしなくていいよ」

「けれど相手はリキャルド様よ？　本当に大丈夫？」

なんといってもオーグレーン王国の騎士団長を務めるほど強いリキャルドを敵にまわすのだから、必ず成功するという確証はないと思うのに、その自信はどこから来るのだろう？

「ばか正直に兄さんへ直談判をするつもりはないから安心して」

「いったいなにをするつもりなの？」

「今はまだ言えない。けど兄さんの呪縛《じゅばく》は俺が必ず断ち切ってみせるから、ヴィクトリアはいつもどおり振る舞っていればいいよ」

抱きしめられた背中を優しく撫でられて、マティアスの首筋に顔を埋めた。

いったいなにをするつもりなのかわからないが、そこまで言うのならマティアスを信じようと思った。

しかし一度決心したのだ。もしもまたリキャルドの許で理不尽な暴力に耐える日々を送るようなことになったら、迷わずマティアスのあとを追うつもりだ。

その気持ちに変わりはなく、それほどまでにマティアスを深く愛している。

「それより早く服を整えて。また俺が狼に変身しないうちにね？」

「あ……」

悪戯っぽく言われて慌てて乱れたドレスを直したところで、マティアスは頬にチュッとキスをして、身体を支えてくれた。

しかしその瞬間に中からこぽりと白濁が溢れて脚を伝うのがわかり固まっていると、マティアスはクスクス笑って掬うように抱き上げた。

「きゃあっ！」

「そんなに驚かなくてもいいだろう？　それより今度は一緒にシャワーを浴びよう」

「ひ、一人で浴びるわ」

ツン、とそっぽを向いて強がってみたが、マティアスは笑うばかりだった。

なんだか煙に巻かれたような気分にもなったが、マティアスが笑っているのなら大丈夫な気もしてきて、ヴィクトリアは安心して逞しい胸に顔を擦り寄せたのだった。

＊＊＊

今日は夜まで出仕する予定だと言っていたマティアスを出迎える為に、玄関ホールへ来たヴィクトリアはその日になってあることに気づいた。

(新しい使用人ばかりだわ)

玄関ホールに居並ぶ使用人が見慣れない顔ぶればかりなのだ。

昔からいた使用人は料理人と庭師だけで、それ以外は一新されているようだった。

そのことを不思議に思いつつ先頭に並ぶと、それに気づいたエイナルが声をかけてくる。

「どうかなさいましたか、ヴィクトリア様？」

「いいえ、あの……今さら気づいたのだけれど、新しい使用人ばかりになっていたから。以前の人たちはどうしたの？」

首を傾げて訊くと、エイナルは納得したように、にっこりと微笑んだ。

「賃金について話し合った結果、古参の使用人たちの納得がいく金額ではなかったようなので、この際なので暇を出しました」

「まぁ、知らなかったわ」

「若い使用人たちではありますが、皆よく働く優秀な人材です。以降お見知りおきを」

居並ぶ使用人たちに目を向けると、皆一様に優しく微笑みながらお辞儀をしてくれて、とても温かく受け入れられた。

以前の使用人たちの中には、リキャルドに結婚してもらえないヴィクトリアを小馬鹿にしている者も少なからずいたので、こんなふうに晴れやかな笑みを浮かべてもらえるのはとても嬉しい。

「もしかしてマティアスが私の為に？」

「それはマティアス様に直接お訊きください」

クスクス笑いながら言われて、マティアスが自分の為に使用人を一新してくれたことを確信したヴィクトリアもにっこりと微笑んだ。

そこまで細やかな心遣いをしてくれるなんて思っていなかったので喜びも大きく、エイナルの隣でマティアスの帰りを待ちわびていると、ほどなくして彼の愛馬が駆けてくる蹄の音が聞こえた。

それに合わせて使用人が扉を開くと、マティアスが颯爽と帰宅して、雪が薄く積もったマントと革の手袋を脱ぐと、それを使用人に預けてから真っ先にヴィクトリアを抱き込む。

「おかえりなさい、マティアス」

「ただいま。なにも変わりはなかった？」

「ええ、今日はジンジャークッキーを作っていたの」

「ならば夕食のあとに一緒に食べよう」

優しく微笑みながら髪を梳かれて、ヴィクトリアはとても幸せな気分で微笑んだ。

リキャルドの出迎えの時とはまったく違い、外の冷たい空気を孕《はら》んでいるマティアスに抱き寄せられても冷たく感じることはなく、むしろ愛されている実感が持てた。

それになによりまず自分を気に掛けてくれるのが嬉しい。

「エイナル、なにかあるか？」

「領民から預かっている納税品の最終確認をしていただきたく思います」

「そうか、納税は明日だったな。食休みが終わったら一緒に確認してくれ」

「かしこまりました。リビングを暖めておきましたので、まずはひと息ついてください」

エイナルが恭しくお辞儀をすると、マティアスはごく自然とヴィクトリアの腰を抱いてリビングへとエスコートしてくれた。

そして二人して暖炉の前に敷いてあるホワイトパンサーの毛皮に座って暖を取った。

「納税は明日なのね。自由の風が騒がないといいけれど」

「明日は副団長率いる騎士団が護衛するけど、そればかりは祈るしかないね」

ため息交じりに言うマティアスを見て、ヴィクトリアは少しだけ緊張した。

納税の日は騎士団が納税品と、貴族の護衛に付いてくれるのが習わしだ。

明日は納税をする為にマティアスは騎士団員としてではなく、ベルセリウス公爵家の代表としてその場に居合わせることになっていて、副団長率いる他の騎士たちが護衛をしてくれるとのことだった。

もちろん副団長を務めるくらいの腕前なのだから、自由の風が襲いに来ても守りきってくれると信じているが、マティアスにもしものことがあったらと思うと気が気ではない。

「どうか自由の風には気をつけてね」

「それより俺としては、兄さんが明日には戻ってくることのほうが気掛かりだ」

「やっぱりリキャルド様は早めに戻ってくると思う？」

「あぁ、兄さんは納税を俺に任せるつもりなんてない筈だから、必ず戻ってくる」

確信を持って言うマティアスを見ていたらなんだか不安になってきて、ヴィクトリアはその不安を紛らわそうとマティアスに寄り添った。

リキャルドのあの鷹のような目に見据えられて、果たして自分は婚約を破棄すると言えるだろうか？

「どうかした？」

「え、ええ……リキャルド様に婚約の破棄を上手く伝えられるか心配になってきて……」

「別にヴィクトリアが言わなくても大丈夫だよ」

「けれど……」

婚約者の自分が言わずにマティアスが伝えたら、リキャルドを余計に激高させてしまうと思うのだ。

だから自分で言うつもりでいたのに、すべてをマティアスに任せる訳にはいかない。

「本当に面と向かって言わなくても大丈夫だよ」

「なんで断言できるの？」

不思議そうに首を傾げると、マティアスは肩を抱き寄せて、まるで安心させるように長い髪を梳いた。

「大丈夫、秘策があるって言っただろ。ヴィクトリアには指一本触れさせないようにするから安心してて」

「えぇ……」

マティアスの言葉に薄く微笑んで、その肩に再び寄り添った。

信じてはいるが隻眼の鷹と呼ばれるほど強いリキャルドを敵にまわして、マティアスは本当に無事でいられるのだろうか？

いったいなにをするつもりなのかまだ教えてくれないこともあり、胸が騒いでしまってヴィクトリアはマティアスにギュッと抱きついた。

「ヴィクトリア？」

「お願い、決して命を落とすような真似だけはしないで」

「もちろん、ヴィクトリアを置いて死ぬようなことはしないよ」

死という言葉を聞いただけで、不安になってしまった。

やはりそれだけ危険を伴うことをしようとしているのだ。

マティアスがそこまで言うのだから、リキャルドには自分の口からはっきりと婚約の破棄を伝えなければと思い、ヴィクトリアは真剣な顔で向き直る。

「やっぱりリキャルド様には私から言うわ」

「その決心は買うけど、本当に大丈夫だから」

「それじゃ、なにか私にできることはないの？」

「ありがとう。その気持ちだけで充分だよ」

髪にチュッとキスをして力強く抱き寄せてくれたが、それでもまだ納得できずにいると、マティアスはクスッと笑いながら目尻や頬にもキスをしてくれる。

それがくすぐったくて肩を竦めたが、マティアスはヴィクトリアがクスクス笑うまでキスを続けてきて――。

「くすぐったいわ」

「ようやく笑った。ヴィクトリアが安心していられるように頑張るから、明日はずっと屋敷の中にいてほしい」

「……わかったわ」

素直に頷いてはみたものの、また緊張してきてしまってドレスのスカートをギュッと握りしめると、それに気づいたマティアスが頬を包み込んできた。

「そんなに硬くならなくても大丈夫だよ。ヴィクトリアがいつもどおりに過ごしているうちに決着をつけるから」

「……本当に？」

「あぁ、だから安心して待っててほしい」

微笑みながら顔を近づけられてごく自然と目を閉じると、口唇をしっとりと塞がれた。

優しく吸われてから目を開けば、マティアスが至近距離で微笑んでいる。

その蕩けるような笑顔を見たら少しだけ安心できて、ヴィクトリアも微笑み返した。

そしてまた口唇を何度も合わせているうちに、ホワイトパンサーの敷物の上に優しく寝かされて、ヴィクトリアは戸惑いながらもキスを振り解いた。

「ぁ、ん……もうすぐエイナルが夕食に呼びに来るわ」

「そんなもの待たせておけばいい」

吐息のような声で囁かれたかと思うと、首筋に顔を埋められてチュッとキスをされた。

それがくすぐったくて肩を竦めているうちに、身体を優しく撫でられてドレスのホックをひとつずつ外された。

あってはほしくないことだが、もしかしたらこれが最後の交歓になるかもしれない。

そう思うと抵抗もできなくておとなしくしていると、マティアスはドレスを左右に開き、雪のように白い乳房を露わにして首筋からゆっくりとキスを落としていく。

「あ、ん……」

期待に打ち震える乳首をそっと吸われた瞬間、思わず背が仰け反った。

その間もマティアスは乳首を口の中に迎え入れて舌先で転がしながら、焦ることなくドレス脱がしていく。

「ん、んっ……マティアス……」

ヴィクトリアも積極的にドレスを脱いでいき、ホワイトパンサーの敷物に再び寝転がると、なめらかな毛並みが肌に直接触れて心地好かった。

思わずうっとりと息をついて見上げれば、ドレスを脱がし終わったマティアスも自らの服を脱ぎ捨ててヴィクトリアに覆い被さってくる。

少し冷たい身体を暖めるようにギュッと抱きついた途端、マティアスはクスクス笑いながら再び乳首を口の中で転がしては吸ってきた。

「あぁ、んっ、あっ、あぁ……」

チュッと優しく吸われ、舌を絡められてざらりと舐められる。

その間も手は休むことなく身体を愛撫していて、それにも感じて身体を強ばらせた。

するとマティアスは指を僅かに食い込ませて身体を撫でながら、左右の乳首をチュッと吸い上げて舌先でくすぐってくる。

「あん、んっ……」

触れられている箇所がすべて熱を帯びてくるようで、ヴィクトリアは毛皮の上で身体を波打たせながら、マティアスの背中に腕をまわした。

「ぁ……」

少し引き攣れた傷痕が指先に触れて、それを癒やすようにそっとなぞると、マティアスはくすぐったそうにクスクス笑った。

「もう傷の具合はいいの？」

「あぁ、痕は残りそうだけど、ヴィクトリアが毎日治療してくれたおかげでもうぜんぜん痛くないよ」

「良かった……」

ホッとしてヴィクトリアも微笑むとマティアスは口唇にチュッとキスをして、また乳房に顔を埋めて乳首を舌先で転がす。

身体を撫でていた手もゆっくりと這い上がってきて、ぷっくりと尖る乳首をまあるく撫でてきた。

「あぁ、ん……あ、あん……」

濡れた乳首を触れるか触れないかというギリギリのところで速く擦り上げられると堪らなく好くて、ヴィクトリアは胸を反らせた。

するとそれを待っていたかのように乳首を音がたつほど吸われ、もう片方の乳首もきゅうぅっと摘まれた。

「あぁ、そんなに……」

舌で舐め上げるのと同時に指先でぷるん、ぷるん、と弾かれるのが好くて、ヴィクトリアは堪らずにマティアスの髪に指を埋め、掻き交ぜながら胸を反らした。

するとさらにちゅうぅっと音がたつほど吸われてしまって——。

「ん、ふ……」

マティアスは乳首を舐めたり、くりくりと弄ったりするのをやめてくれず、ヴィクトリアはただ喘いでいたのだが、そんなことを何度も何度も繰り返されているうちに、秘所がしっとりと濡れてきて思わず脚を閉じ合わせた。

「どうしたの、ヴィクトリア？」

「あっ、あん……これ以上したら毛皮を汚しちゃうわ……」

高価な毛皮を自らの愛蜜で汚す訳にはいかなくて、恥ずかしいのを堪えて口にすると、マティアスはクスッと笑いながら手を滑らせて秘所を覆ってきた。

そして中指で陰唇を掻き分けたかと思うとくちゅ、と淫らな音がたち、ヴィクトリアはこれ以上ないというほど赤くなった。

「本当だ、すごく濡れてるね」

「やぁっ……言わないで……」

恥ずかしい状態を口にされると余計に蜜口がきゅん、と疼いて、愛蜜が溢れてくる。

慌てて腰を浮かせてもマティアスは構わずに陰唇を上下に撫でて、愛蜜を塗り広げるように指を動かす。

「あ、だめ、だめぇ……！」

ちゅ、くちゅ、と粘ついた音がたつ度に毛皮を汚してしまうのではないかと心配になって、ヴィクトリアは首を横に振った。

それでもマティアスは乳首を徒に吸いながら、陰唇から蜜口にかけてを撫でてくるのだ。

「あぁん、本当にだめ……お願い、マティアス……」

アメジストの瞳を潤ませて髪を引っぱると、マティアスは乳首を舐めながらもヴィクトリアを見上げた。

そして最後にチュッと音をたてて乳首から口を離し、ヴィクトリアの身体を俯せにして腰だけを高く掲げるポーズを取らせた。

「これならばいいだろ」

「けれど……」

脚を無防備に開いた状態では愛蜜がたれてしまいそうで、ヴィクトリアはさらに腰を高くしたのだが、それを見たマティアスは楽しげにクスクスと笑う。

「大丈夫だよ、溢れそうな蜜は俺がぜんぶ舐め取ってあげるから」

「あ……」

秘所に熱い吐息を感じて慌てて腰を落とそうとしたが、その時には腰をがっちりと摑まれて、マティアスに差し出す形になっていた。

「あぁん……ぁ、んん……だ、だめぇ……！」

「まだなにもしてないよ。なにをしたらだめなのか言わないと」

「いやぁ……」

秘所に息を吹きかけながら話しかけられたが、とてもではないが口にすることなどできずに、ヴィクトリアは毛皮に顔を埋めたままいやいやと首を振った。

「可愛いよ、俺のヴィクトリア……もっと気持ちよくなって」

「あぁ……！」

陰唇が開くほど左右に広げられたかと思うと、蜜口から秘玉にかけてをざらりと舐められて、そのあまりの心地好さに腰がさらに高く持ち上がった。

その瞬間になめらかな毛皮に乳首が擦れて、同時に快感を味わう。

「あぁ、マティアス……お願い、もうやめて……」

昂奮に包皮からぷっくりと顔を出した秘玉を舌先でじっくりと舐められる度に、蜜口がきゅんと疼いて愛蜜が溢れ出てしまう。

毛皮にたれたらと思うと気が気ではなく、さらに腰を高く掲げると、仰向けになったマティアスが秘所に顔を埋めてきた。

「あっ、ああん……」

マティアスが下にまわり込んだおかげで毛皮を汚す心配はなくなったが、間近で秘所を舐められていると思うだけで、頭が沸騰しそうなほどの羞恥を味わった。

しかも白い毛皮はまるで冷たい舌のようになめらかで、乳首だけでなく乳房も舐められているような感覚がして、まるで全身を舐め回されているような錯覚に陥った。

「あぁん、ふ、ぁ……」

マティアスの舌は秘玉をつつき、蜜口から溢れる愛蜜を舐め取っていく。

繊細に動く舌の動きに翻弄されて、腰が淫らに揺れてしまうのを止められなくなると、マティアスはふと笑ってさらに大胆に舌を動かした。

「あっ、あっ、あ……っ……いやぁん……！」

蜜口の中にまで舌を挿し込まれて、中をぐるりと舐められるのが恥ずかしいのに気持ちよくて、もうどうにかなりそうだった。

いやいやと首を横に振ってやり過ごそうとしても、マティアスの愛撫は烈しさを増していくばかりで、秘玉を口の中へちゅるっと吸い込みながら蜜口の中へ指を挿し込み、くちゅくちゅと音がするほど抜き挿しを繰り返される。

「あぁん、だめ、だめぇ……！」

あまりの気持ちよさに身体を伸び上がらせれば乳房全体を毛皮が愛撫し、下肢はマティアスに愛撫されて動くに動けずにいた。

しかし秘玉を舐めながら媚壁を擦り上げられる度に腰が揺らめいてしまい、敏感な箇所すべてを愛撫されているようで、もう少しも我慢できそうになかった。

「あ、マティアス……マティアス、私もうっ……！」

達する予感に振り向いたが、マティアスは構わずに秘所を舐め続け、増やした指で媚壁を刺激してくる。

まるでいつ達してもいいとでも言うように、さらに烈しく舌と指を使われて、ヴィクトリアは身体をぶるりと震わせた。

四肢も徐々に強ばってきて、掲げていた腰に自然と力がこもる。

そうやって堪えていなければ、今すぐにでも達してしまいそうなのだ。

なのにマティアスは秘玉をちゅうぅっと音がたつほど吸いながら指を抜き挿しして、ヴィクトリアにさらなる快感を与え続けた。

「あっ……ぁ……あっ、あぁっ……！」

秘玉を吸うタイミングで最奥をつつかれるのが堪らなく好くて、蕩けきった声がひっきりなしに洩れる。

そして何度も何度も秘玉を吸われているうちに、腰がぴくん、ぴくんと跳ねて——。

「ぁ……や、ぁ、あっ……いやぁあぁぁん……！」

堪えきれずに達したヴィクトリアは、マティアスの指をもっと奥へと誘うようにきゅうきゅうと締めつけた。

その間は息すら止まって快美な刺激に浸っていたのだが、凝らしていた息をついた途端に腰が崩れてしまい毛皮に横たわった。

「あ、ん……」

全身が敏感になっているせいか、なめらかな毛皮の感触にも感じてしまい、横向きの体勢のまま身体を強ばらせていると、マティアスが背後から重なるように包み込んできて、熟れた頬にチュッと優しくキスをした。

潤んだ瞳でぼんやりと振り返ると、マティアスはとても優しい表情で首筋に顔を埋め、ヴィクトリアの身体をギュッと抱きしめてくる。

「気持ちよかった？」

「やっ……」

「教えてくれないとわからないよ」

口唇で耳朶に触れながら囁かれて、ヴィクトリアは目をギュッと瞑りながら頷いた。

恥ずかしくて言葉にはできないがマティアスには伝わったようで、クスッと笑いながら耳朶にキスをされた。

「ヴィクトリアが感じてくれると、ものすごく嬉しい」

「……マティアスは？」

「ん？」

「私もマティアスに気持ちよくなってもらいたいわ。その、私ばかりでなくて、マティアスのことを愛したいの」

自分ばかり気持ちよくなっているのではなく、マティアスにも気持ちよくなってもらいたくて提案すると、マティアスは少し驚いた顔をしたあとにとても嬉しそうに微笑んだ。

「ならば今度は一緒にしよう」

「わ、私はもういいわ」

「そんなことを言わないで一緒に……ね？」

「あん……」

耳朶を優しく噛まれてその感触にぞくん、と肩を竦めているうちに、体勢を変えられてお互いの秘所に向き合う形にされていた。

「ぁ……」

見ればマティアスの逞しい淫刀は期待に打ち震えて、びくびくっと脈動している。

先端には既に透明な蜜が雫を作っていて、ヴィクトリアは躊躇することなく両手で包み込んで先端に舌を這わせた。

「……ッ……ヴィクトリア……」

「ん、ふ……」

舌先で先端の溝をちろちろと舐めると途端に舌が痺れるような苦みを感じたが、マティアスの一部だと思えば愛おしくて、そのまま先端を咥え込む。

括れに舌を絡ませながら陰茎を扱くと、びくびくっと脈動するのが嬉しい。

リキャルドに奉仕していた時はあまり気の進まなかった行為だったが、マティアスに対してはぜんぜん違い、もっともっと気持ちよくなってもらいたいと心から思い、頭を上下させて喉奥まで頬張った。

双珠を優しく揉みながら陰茎にも舌を這わせて根元から先端に向かって一気に舐め上げると、マティアスが快感に息を凝らすのがわかった。

それが嬉しくてちゅ、くちゅっと先端を吸いながらまた陰茎を扱き上げてマティアスがもっと快楽を感じるように夢中になって舐めていたのだが――。

「……まいったな、俺も負けていられない」

「あっ、んんっ……！」

脚を大きく広げて無防備に曝されている秘所を掻き分けられて、蜜口から秘玉に向かって一気に舐め上げられた。

その途端に腰が砕けてしまい、口が疎かになりそうになったが、ヴィクトリアも負けじとマティアスを舐め上げた。

「んふ……ぁ、んん……」

口に目一杯マティアスを頬張りながら下肢を刺激されると堪らなく好くて、ヴィクトリアは腰を揺らめかせながらも、自らの快楽に流されないようにマティアスを刺激した。

音をたてながら先端を吸って、両手で陰茎を何度も何度も扱き上げる。

それが好いのか、マティアスは息を凝らして時折愛撫する動きを止める。

自分がマティアスを気持ちよくしているのだと思うと嬉しくて、さらなる愛撫を施していたのだが——。

「あっ……あぁ……！」

秘玉を舌先でつつかれるとつい喘いでしまって、上手く舐められない。

それでも必死になって両手で扱き上げ、先端をちゅううぅっと音がたつほど吸い上げた。

「く……ッ……」

それが堪らなかったようで、マティアスの身体が強ばり、手にしている淫刀がどくん、と脈動して嵩を増した。

そろそろ限界も近いと察したヴィクトリアは、双珠を優しく揉み込みながらのみ込めるだけのみ込み、頭を上下させて口唇を窄めて擦り上げた。

するとマティアスも秘玉をちゅうぅっと吸いながら蜜口の中へ指を挿し入れて、くちゅくちゅと抜き挿しを繰り返し、ヴィクトリアを追い上げていく。

「ん、ふ……ふぁ……ぁ、あぁん……」

口の中いっぱいにマティアスをのみ込みながら気持ちいい箇所を刺激されると、頭の中が真っ白になるようで、夢中になって熱く滾る楔を吸い上げた。

するとマティアスも秘玉をちゅるっと吸い上げて、ちゃぷちゃぷと烈しく穿ってきた。

その途端に腰が甘く蕩けてしまい、がくん、と腰を落とすと、さらに舐め啜られて、ヴィクトリアは堪らずにマティアスの指を思いきり締めつけながら達してしまった。

「あぁぁん……！」

腰をひくん、ひくん、と跳ねさせながら深い快楽を味わっていたヴィクトリアだったが、すぐにマティアスを扱き上げて先端を思いきり吸った。

その途端にマティアスはびくびくっと脈動し、ヴィクトリアの口の中へ熱い飛沫を浴びせてきた。

それを残らず飲み込み先端に吸いついて扱き上げると、残滓が少しずつ溢れてくる。

「ん、ふ……」

白濁を舌先でぺろぺろと舐め取り、まだ衰えを知らないマティアスを舐めていたのだが、そのうちに息を吹き返したマティアスが身体を起こしてしまった。

そしてヴィクトリアを膝に乗せると、向き合う形で抱きしめてくる。

「無理して飲まなくていいのに」

「無理なんてしてないわ。マティアスのなら平気なの」

「嬉しいよ、俺のヴィクトリア……」

首筋に顔を埋めて抱きつくと、背中を優しく撫でてくれる。

それが嬉しくてクスクス笑っていたのだが、さらに密着するとまだ昂ぶったままのマティアスが秘所に触れて、思わず顔を見合わせた。

「今度はヴィクトリアの中で遂げたい」

「あ、ん……」

腰を押しつけられると反り返った淫刀が秘所にぴったりと合わさって、思わず心許ない声をあげると、マティアスは頬にキスをしてからヴィクトリアの腰を持ち上げた。

蜜口に先端が触れただけでぞくん、と感じてしまい、貫かれる予感にマティアスの肩に手を掛けて息を逃がし、その時を待った。

「ん、ぁ……っ……」

腰をゆっくりと進められると、先端の括れが媚壁を押し開いて突き進んでくるのがよくわかって、なんだかいつもよりも感じてしまい、ヴィクトリアはいやいやと首を振った。

「つらい……？」

「いいえ、そうじゃなくて……」

「もしかしてものすごく感じてる？」

「やっ……」

口にされると余計に感じてしまって、蜜口がきゅん、と疼いてマティアスを締めつけた。

その途端にマティアスは息を凝らし、最奥まで一気に突き進んできて、下からずん、とつついてくる。

「あぁん……あっ、あん、あっ、あっ、あぁ……」

何度も穿たれるのが好くて思わず仰け反ると、マティアスは目の前で揺れている乳房に顔を埋めながら、また下からずん、ずん、と突き上げてきた。

とても愛されていることが伝わってきて腰が甘く疼くだけでなく、なんだか胸の奥からも甘い感情が湧き上がってきて、ヴィクトリアはマティアスの髪に指を埋めて撫でながら腰を淫らに揺らめかせた。

「あんん……あっ、あっ、あぁ、あん……」

息を合わせて腰を使うと堪らなく好くて、最奥をつつかれる度に蕩けきった声をあげると、マティアスは乳房に顔を埋めながらもさらに烈しい律動を繰り返す。

逞しい括れが媚壁を捏ねてはずくずくと突き上げられると、堪らない愉悦が腰の奥から湧き上がってきて、ヴィクトリアもマティアスに合わせて懸命に腰を使った。

熱に潤んだ瞳で見下ろせば、マティアスはどこかうっとりとした表情でヴィクトリアを抱きしめながら穿っていて、それを見たら蜜口がきゅん、と締めつけてしまった。

その途端に中にいるマティアスがびくびくっと跳ねて、ヴィクトリアも快感を得た。

「ヴィクトリア……ッ……」

「あ、んんっ……あ、あん、あっ……マティアス、マティアス……」

互いに名を呼びながらギュッと抱きしめ合って一緒に高みを目指すのが、こんなにも幸せに思えたことはなく、マティアスへの愛が溢れ出しそうだった。

それが身体にも伝わったようで、媚壁がマティアスにしっとりと吸いつき、もっと奥へと誘うように蠢動を繰り返す。

「ヴィクトリア……俺の……」

「あんん、あん、あっ、あぁ、あっ……マティアス……」

男らしく引き締まった腰に脚を絡め、さらに密着して一緒に腰を使うと四肢まで痺れるほどの甘さを感じて、つま先がくぅっと丸まる。

身体も徐々に強ばりだして思わず背中に爪を立てると、マティアスも息を凝らして耐えるような表情を浮かべるが、身体を通してまだ終焉を迎えたくない気持ちが伝わってきた。

それはヴィクトリアも同じで、いつまでもひとつに溶け合うような感覚を共有していたかったが、身体は限界を訴えるようにひくん、ひくん、と跳ねてしまって——。

「マティアス、マティアス……私もうっ……」

「あぁ、わかってる……一緒に……」

突き上げられる度に快感の波が押し寄せてくるようで、マティアスにギュッと抱きつきながら息を合わせて一緒に高みを目指した。

ずちゅくちゅと淫らな音がするほど烈しい抜き挿しを繰り返しながら凝視めると、マティアスもまたヴィクトリアを凝視めていた。

それに微笑み返してごく自然と口唇を合わせ、お互いに気持ちがいいように腰を突き上げては甘い感覚を追っていると、腰が溶けてなくなってしまうほどの快感が突き抜けて、堪えきれずにマティアスを何度も何度も締めつけながら達してしまった。

「んんんっ……ぁ……ん、ぁ……っ……」

舌と舌を絡め合いながら夢中になってマティアスを吸い上げるように締めつけたのが好かったのか、ほぼ同時にマティアスも達し、最奥に熱い飛沫を浴びせてくる。

「ぁ、ん……」

腰を掴まれて何度か深く突き上げられる度に小さな絶頂を感じて仰け反っていると、すべてを出し尽くしたマティアスは最後にチュッとキスをしてから、頬や目尻にも優しいキスをしてくれた。

その間はお互いの荒い息遣いと、暖炉の薪が爆ぜる音だけがリビングの中に響いていた。

「あ、ん……」

慈しむようなキスをされるととても愛されているのを実感できてヴィクトリアが微笑むと、マティアスも優しく微笑みながらまた顔中にキスをしてくる。

それがくすぐったくてクスクス笑いながら肩を竦めていたが、マティアスは汗で張りついた髪を直してくれて頬をそっと包み込んでくれる。

「つらくはなかった？」

「ぇぇ、大丈夫よ」

いつものように身体を気に掛けてくれるのが嬉しくてにっこりと微笑むと、マティアスはギュッと抱きしめながら口唇にまた触れるだけのキスをしてきた。

「愛してるよ、ヴィクトリア」

「私も愛しているわ」

なんの迷いもなく答えて微笑めば、マティアスもとても嬉しそうに微笑んで、背中を優しく撫でてくれる。

それが気持ちよくて逞しい首筋に顔を埋め、しばらくはうっとりとしていたヴィクトリアだったが、そこでふとあることを思い出してマティアスを見上げた。

「そういえば使用人がほぼ全員入れ替わっていたけれど、もしかして私の為に？」

「うん、兄さんの息が掛かった使用人ばかりで、ヴィクトリアもやりづらそうだったしね。

それに今回の入れ替えは、俺にとっても重要なことなんだ」

「……重要なことって？」

首を傾げて見上げると、マティアスは少し悪戯っぽく微笑んでから、おでことおでこをくっつけてきた。

「今はまだ言えない。けど兄さんと渡り合う為とだけ言っておこうかな？」

「リキャルド様と……ねぇ、本当に危ないことはしないわよね？」

至近距離から瞳を凝視めて確かめようとしたが、チュッとキスをされた。

「マティアス」

非難を込めて名を呼んだが、マティアスはクスクス笑いながらまた口唇にキスをする。甘く優しいキスで誤魔化されているのがわかって口唇を尖らせても、マティアスは微笑むだけだった。

しかし問いかけに黙っているということは、肯定しているのも同然だ。

そう思うと不安になってきて、ヴィクトリアはマティアスを見上げた。

「危ないことをするつもりなのね」

「否定はしないよ。だから明日は屋敷から一歩も外へ出ないと誓って」

「庭へ出るのもだめなの？」

「あぁ、庭には絶対出ないでほしい。できれば書庫で読書でもしていて」

書庫は本が傷まないように窓が一切ない部屋になっている。

つまりマティアスは、自分に外の光景を見ないでほしいと言っているのだろう。

「約束して、外には絶対出ないで書庫で過ごしてくれると」

「……マティアスがそこまで言うのならわかったわ」

「ありがとう、必ず兄さんに勝って迎えに行くから」

「えぇ、いつまでも待っているわ」

ギュッと抱きしめられて素直に逞しい胸に抱かれたが、マティアスがとても危険なことをするつもりなのがわかり、ヴィクトリアの胸は不安でコトコトと小さな音をたてた。

外の景色を見るなと言われたものの、マティアスと命運を共にするつもりでいるヴィクトリアはそれに従う気はさらさらなく、気づかれないようにこの目でなにが起きるのか確かめるつもりでいた。

（もしもの時は私もマティアスと……）

頬擦りをして抱きつくと、マティアスも抱きしめ返してくれたが、明日のことを思うだけで胸がキュッと締めつけられるような気分に陥った。

マティアスの秘策が上手くいくことを願ってはいるが、リキャルドに通用するのかまだわからない今、こうして肌を重ねていることがとても貴重な時間に思えて、ヴィクトリアはただ黙ってマティアスに抱きついていたのだった。

＊第七章　雪原に散る薔薇＊

納税を控えたその日のベルセリウス公爵家は、朝からどこか落ち着きがなく、ピリピリとしていて空気も張り詰めているようだった。

毎年この時期になると似たような緊張感があったが、今年は特に空気がピンと張り詰めているように感じるのは、マティアスがリキャルドに対してなにかを仕掛けることをヴィクトリア自身が知っているからだろうか？

おかげで朝食もなかなか喉を通らなくて、ヴィクトリアは甘い菓子パンを小さくちぎっているだけだった。

「そんなに緊張しなくても大丈夫だよ」

「マティアス……」

ヴィクトリアが食欲も失っているのに対して、当のマティアスはいつもと変わりなく厚切りのローストハムにベリーのジャムを付けて食べている。

勝利を確信しているからなのだと思うが、その余裕な態度を見てもぎこちなく微笑むことしかできなくて、ふと重いため息が出てしまう。

「心配しないで、必ず上手くやってみせるから」

「本当に無事に帰ってきてくれる？」

「あぁ、だからヴィクトリアも普段どおりに振る舞っててほしい」

自信を持って頷くマティアスに凝視められたが、とてもではないが普段どおりに振る舞うことなどできそうになくて、ヴィクトリアはパンを静かに置いた。

「ちゃんと食べなきゃだめだよ」

「ええ、わかってはいるのだけれど……」

すっかり食欲が失せてしまっているヴィクトリアは温かい紅茶を飲んで、気持ちを落ち着かせようとした。

これからいったいなにが始まるのか、そしてどんな形に落ち着くのかを考えるだけで胸が騒いでしまい、馨しい香りの紅茶を飲んでも少しも落ち着かない。

それでも自分の動揺がマティアスに伝わって、迷いが生じるようなことになったらいけないと思い直し、ヴィクトリアはマティアスを凝視めた。

「秘策が上手くいくように祈っているわ」

「うん、任せておいて」

しっかりと頷きながら微笑みかけられて、ヴィクトリアも微笑み返した時だった。

エイナルが静かに入室してきて、二人に向かって一礼した。

「お寛ぎのところ失礼いたします。マティアス様、そろそろ納税品を庭へ移動させたいと思いますが、いかがなさいますか？」

「あぁ、俺も立ち会おう」

そう言いながら残りの朝食をすべて平らげ、マティアスが席を立つ。

つられてヴィクトリアも緊張しながら席を立つと、マティアスは苦笑を浮かべつつも抱きしめてくる。

「大丈夫だよ、必ず上手くいく。それにまだ納税品を確認するだけだから」

「本当ね？　本当に無事に戻ってきてくれるのね？」

「ヴィクトリアは心配性だな。絶対に大丈夫だから、今日は書庫で読書をしてて。あぁ、それと。そこの朝食もちゃんと食べないとだめだよ」

頭を優しく撫でながら、まるで子供に言い聞かせるように言われてしまい、ヴィクトリアは口唇を尖らせた。

「もう食欲がないんだもの」

「そんなことを言ってちゃだめだよ。シェフがせっかく作ってくれたんだから」

「……わかったわ」

まだ不満はあったものの素直に頷くと、マティアスは口唇に触れるだけのキスをした。目をそっと開いて凝視めると、マティアスもまたヴィクトリアを愛おしげに凝視めていて、頬を包み込んでくる。

「約束する。必ず無事に戻ってくるって」

「えぇ、約束よ。私を一人にしたら許さないんだから」

少し拗ねた口調で言うヴィクトリアに、マティアスはクスクス笑いながらまたチュッとキスをして、頬を撫でつつ凝視めてくる。

「その言葉を肝に銘じておくよ。それじゃ、行ってくる」

まるで誓いを立てるようにおでこにもキスをしたマティアスは、それきりこちらを振り返らずにエイナルを従えてテラスルームから出ていった。

その後ろ姿を目に焼きつけるように凝視めていたヴィクトリアは、そこでふと息をついて再び席に座った。

(マティアスはああ言っていたけれど……)

いつもと変わりない様子で出ていったが、リキャルドを相手にするのだ。

マティアスだってそれなりの覚悟でことに挑むつもりでいるのだろう。

自分の前ではいつもどおり優しい顔をしていたが、きっと今頃は騎士の顔つきになっているに違いなかった。

それにリキャルドだけでなく自由の風まで乱入してきたら、現場はいったいどうなってしまうのか本当に未知数で、ヴィクトリアの不安は膨らむ一方だった。

とてもではないが朝食を食べきることなどできずにテラスルームから出たヴィクトリアは、その足で書庫ではなく、庭がよく見渡せる自分の部屋へと戻った。

そして気づかれないように窓を少しだけ開いて庭を見下ろすと、マティアスの姿が確認できた。

マティアスは黙ってリストを見ていて、エイナルが指示を出し、使用人が納税品を次々と積み上げているところだ。

広大な領地を任されているベルセリウス公爵家の納税品は膨大で、まるで庭に壁ができたように見えるほどだった。

(リキャルド様と自由の風、どちらが先に来るのかしら)

そんなことをぼんやり思いつつ納税品が積み上げられていく様子を見ていると、小一時間ほどですべての品が用意されたようで、屋敷へ戻る使用人や、納税品を運ぶ王宮の人々の手伝いをする為に残る使用人が整列している様子が見えたのだが――。

(どうしてみんな剣を携えているの?)

マティアスは元よりエイナルや残った使用人までもが、全員立派な剣を携えていることに気づいた。

それによく見れば全員がとても逞しい体躯をしており、まるで騎士のように見えた。

自由の風を警戒して剣を携えているのだと思うが、暇を出した使用人たちなど足許にも及ばないほど、みんながみんなどこか戦い慣れた雰囲気を持っている。

(偶然なの?)

そんなことも思ったが、昨夜マティアスは、使用人を一新したのは秘策の為だとも言っていた。

だとすると今回雇い入れた使用人は、実は戦い慣れた猛者たちなのだろうか?

(みんなとても若く見えるのに)

歳の頃は二十代前半から後半にかけての使用人が主で、普段はとても穏やかな笑みを浮かべて仕事もきちんとこなしてくれるとても優秀な人たちなのに、剣を携えているだけで雰囲気がガラリと違って見える。

(偶然、じゃないんだわ……)

なんだかそんな気がして思わずカーテンを握りしめていると、それからほどなくして数台の馬車が騎士団に守られるようにして屋敷の庭へとやってきた。

(いよいよだわ……)

リキャルドや自由の風よりも王宮の監査役が先に来たことにホッとしつつも、これから始まるであろう混乱を思うと気が気ではなく、ヴィクトリアの胸はあまりの緊張にコトコトと音をたてた。

それでも庭の様子を見守っていると、監査役が声も高々に口上を述べた。

「これよりベルセリウス公爵家が、偉大なるヨルゲン王より授かった領地から回収した税の受け取りと検品を行う。包み隠さずすべてを提出するように」

「リストに記したとおりです。どうぞお調べください」

マティアスが恭しくお辞儀をすると、監査役は大仰に頷いて、従えてきた人々に納税品を調べるよう指示を出した。

そして自らも馬から下りて、金貨や銀貨の袋を数え始めた時だった。

遠くから馬の嘶《いなな》きが聞こえたかと思うと、迷わずこちらに駆けてくる青鹿毛《あおかげ》の馬と、それを操るリキャルドの姿が見えた。

(あぁ、やっぱりマティアスの言うとおりだったわ……)

旅疲れなど微塵も感じさせないリキャルドを目にした途端に足が竦んでしまって、ヴィクトリアはその場に固まった。

それでも目を逸らさずにいるとリキャルドは愛馬から下りて、まずは監査役に礼をしてから敬礼をする騎士団に軽く手を上げ、マティアスに向き直った。

見ればマティアスは以前のように感情らしい感情を浮かべずにリキャルドを凝視めてい

て、臨戦態勢に入ったことを知った。

しかしリキャルドはそんなマティアスなど気にもせずに隣に立った。

「長旅で疲れてるだろ、屋敷へ戻っててていいよ」

「フン、おまえごときに心配されるほど俺は柔《やわ》じゃない。ここからは俺が取り仕切るから

おまえこそ屋敷へ戻れ」

「任された仕事を途中で投げ出すことなんてしない。最後まで見届けるよ」

「勝手にしろ」

リキャルドはマティアスを無理に屋敷へ戻そうとはせずに、監査役やそれに付き従って

きた人々が納税品を調べる様子を見ていた。

その時、マティアスがふと笑ったのをヴィクトリアは見逃さなかった。

ほんの一瞬のことだったが、きっと秘策がマティアスの思惑どおりに進んでいるという

ことなのだろう。

そう思うと胸がドキドキしてきて、思わず自分の胸に手を当てた。

(どうかマティアスの秘策が上手くいきますように)

そう願いながら見守っているうちに、監査役の許へ次々と納税品の確認が取れた報告が

入り、ベルセリウス公爵家の使用人も手伝って納税品を馬車へと運び入れる作業が始まっ

たのだが——。

「新しい使用人ばかりだな。それにベントはどうした」

「自由の風に殺《や》られたよ」

「そうか、新しい執事はおまえか」

「さようでございます。エイナルと申します、以後お見知りおきを」

あれだけベントを右腕のように使っていたとは思えないほどあっさりと納得したリキャルドは、エイナルを検分するかのように凝視める。

それでもエイナルが動じることなく微笑んでいると、興味なさそうに目を逸らした。

「どうやら俺のいない間に屋敷は変わったようだな。すべてはおまえの仕業だな」

「仕業だなんて、兄さんの考えすぎだよ」

「フン、どうだかな」

まるきり信用していないような口ぶりで言うリキャルドに、マティアスも負けずに返しているが、そのやり取りを見ているだけでヴィクトリアはドキドキしてしまう。

それに使用人など気にもしていないようだったのに、さすがはこの屋敷の主だけあって、すぐに気づいたリキャルドに驚きを隠せない。

このままではマティアスの秘策も気づかれてしまうのではないかと心配になってしまったが、まだマティアスは動く気配はなかった。

そうこうしているうちに納税品がすべて馬車に積み込まれ、監査役がリキャルドとマティアスの前へ進み出た。

「リキャルド騎士団長、国境の視察はいかがでしたかな」

「国境を守る騎士たちに気合いを入れてきましたので、少しは引き締まったかと。それより納税品はすべて揃いましたか」

「マティアス殿が提出されたリストどおりでした。こちらにサインをいただけますかな」

監査役が懐から取り出した納税を証明する書類にリキャルドがサインをしている。

準備からすべてのことをしたというのに、その様子をマティアスは黙って見ていた。

そしてリキャルドがサインを書き終えると、監査役はホッとしたように笑った。

「今回は自由の風が騒がずにいて良かった。リキャルド騎士団長と、剣の達人でもあるマティアス殿のいるベルセリウス公爵家ともなると、自由の風も手出しができないのかもしれませんな」

「副団長も有能な男ですが、どうか帰り道も気を引き締めてお帰りください」

「ええ、そうしますとも。これだけ多くの金品が手に入ることは滅多にありませんからね。ヨルゲン王も首を長くして待っておられますし」

「明日には国境の様子を報告しに参りますので、ヨルゲン王へくれぐれもよろしくお伝えください」

リキャルドが表向き穏やかな口調で言いながら、監査役に礼をした時だった。

何頭もの馬が嘶く声がしたかと思うと、整列している馬車の左右を警護している騎士たちの後ろから、こちらへ向かってくる馬の集団が見えた。

「自由の風だっ！」

誰かがそう叫んだ瞬間には、リキャルドもマティアスも剣を抜いて、辺りを取り囲む自由の風に剣を向けていた。

（あぁ、こんな時に……）

今回は自由の風は出没しないと思っていた矢先に現れるなんて、なんという最悪のタイミングなのだろう。

これではマティアスの秘策も失敗に終わるのではないかと、ヴィクトリアが心配している間にもあちこちで剣を交える重い金属音が聞こえる。

「監査役殿っ！　ここは私たちが阻止します、副団長と共に早く王宮へお戻りを！」

「うわわわ、わかった！　あとはよろしく頼みますぞ、リキャルド騎士団長っ！」

すっかり及び腰になっていた監査役をリキャルドとマティアスが逃がし、二人して自由の風に立ち向かっている。

その間に副団長が警護しながら馬車は去って行ったのだが――。

「む……？」

剣を構えるリキャルドがなにか異変を察知したように、辺りを見まわした。

　そしてまだその場に馬車の警護に当たる筈の騎士が残っていることを見咎めて、大声を張りあげる。

「なにをしている、おまえたち！　自由の風を殲滅するより馬車の警護に付けっ！」

　さすがに騎士団長だけあって、その怒号だけで身体が固まってしまいそうなほど恐ろしかったが、騎士たちはその場から動こうとしない。

　それどころか自由の風と共に、リキャルドとマティアスを取り囲んでいる。

「……そうか、そういうことか。おまえたちも自由の風かっ！」

（あれが全員、自由の風……!?）

　信じられない光景を目の当たりにして、ヴィクトリアは呆然としてしまった。

　数にしておよそ五十人もの敵が二人を取り囲んでいる。

　これではマティアスが考えていたという秘策もあったものではなく、ヴィクトリアは絶望的な気持ちに陥った。

（リキャルド様だけでなくマティアスにも勝ち目はないわ）

　二人がいっぺんに窮地に陥るなんて、さすがのマティアスも考えつかなかっただろう。

　もちろんエイナルや使用人たちがいるので、五十対二という計算ではないが、敵の数の多さを見れば、圧倒的不利なのは二人のほうだ。

　マティアスは剣を構えた状態でいるが、いったいなにを考えているのか心配になって凝視めると、とても真剣な顔で周囲を睨んでいる。

「マティアス、二十五人ずつだ。楽勝だろう」

「違うよ、兄さん。二十五人ずつじゃなくて、兄さんが倒さなければいけない敵は八十一人だよ」

「なんだと……？」

眉根を寄せたリキャルドを見たマティアスは、ふと微笑んだかと思うとマントをひらりと翻らせ、取り囲む敵側に位置した。

それと同時にエイナルや使用人たちもリキャルドを取り囲み、マティアスは微笑みながらリキャルドに剣を向けた。

「だから言ったじゃないか。旅疲れしてるんだから屋敷に戻ればいいって。けれど兄さんなら必ず残ってくれると信じていたよ」

「そうか……すべてはおまえの仕業か、マティアス。よく見れば裏切り者の騎士はおまえがリストアップした騎士ばかりだな。おまえも……おまえこそが自由の風か」

リキャルドの言葉にマティアスは微笑むばかりで、否定も肯定もしなかった。

しかしその笑みでマティアスも自由の風であることがヴィクトリアにもわかった。

（まさかマティアスも自由の風の一員だったなんて……）

それにそれだけではない。エイナルや新しく入った使用人たちも自由の風の一員であることがわかり、ヴィクトリアは軽く混乱した。

だとしたらマティアスの背中を斬った自由の風を名乗った少年は、なぜ仲間であるマティアスを斬ったのだろう？

しかしそれを不思議に思っている間にもリキャルドを取り囲む円陣はさらに狭まり、全員がリキャルドに剣を向けていた。

「敵は一人だ、臆することなく自由の為に立ち上がれっ！」

「我々の自由の為に！」

マティアスが叫んで斬り込んでいくのと同時に、円陣を組む自由の風の面々も剣を構えてあとに続いた。

そしてあっという間にリキャルドの姿が見えなくなるほどの人の群れが集中したのだが、ザシュッと重い金属音が響き、リキャルドが何人かの人を剣で薙ぎ払った。

それでもあとからあとから自由の風は己の命などものともせずに斬り込んでいき、リキャルドはその度に傷を作りながらも、敵を薙ぎ払っていく。

（これだけ大勢の敵の相手をさせることが、マティアスの秘策だったんだわ）

今さらになってマティアスの秘策の全容がわかり、リキャルドが傷つく姿や人々が斬られる様子を見ていたヴィクトリアは、あまりの恐ろしさにカーテンを握りしめたまま震えるしかなかった。

百戦錬磨のリキャルドも過酷な遠征を強行したばかりのせいか、次々と襲ってくる人々を剣で薙ぎ払うので精一杯という状態だ。

特に失明をしている左側から斬り込まれると死角になるようで、そちら側により多くの傷を負い、おびただしい血が雪に散っていた。

「おのれ、マティアス……！」

怒号と共に剣を振り上げたリキャルドは幾人かの人を斬り捨てると、マティアスの姿を捜して、まさに鷹のような目つきで辺りを睨みつける。

「ここだよ、兄さん」

「くっ……！」

闇の殺戮者の異名のとおり、なんの気配もなく背後から近づいたマティアスが余裕の態度で剣を振り上げたと同時に、リキャルドは反射的に斬りつけてくる剣を止めた。

しかしマティアスはそれを予見していたようで、軽い足捌きで身体を反転させると、本気の目でリキャルドに斬り込んでいって——。

ガシッと重い金属音が辺りに響いた瞬間、ヴィクトリアは思わず目を瞑っていた。

しかしその間も剣がぶつかる重い音が響くのを聞いて恐る恐る目を開くと、マティアスとリキャルドの一騎打ちとなっていた。

（あぁ……）

どちらも一歩も退かず、まさに真剣勝負を繰り広げていて、お互いしか見えていないようだった。

「ずいぶんと腕が立つようになったものだ……」

「兄さんこそ旅の疲れがないみたいだね……そこは誤算だったよ」

ずっしりと重い剣を受け止めているマティアスは笑いながらも歯を食いしばり、次の瞬間に剣を返してリキャルドに斬りかかっていく。

リキャルドも軽く息を弾ませながら、次々と攻撃を仕掛けてくるマティアスの剣を受け止めていたが、隙あらば攻撃に転じる機会を窺っているようだった。

「く……ッ……！」

そしてとうとうマティアスの隙を衝いて腕に傷をつけ、リキャルドはニヤリと嗤った。

軽く触れただけのようだが、マティアスの足許には血が滴り落ちている。

しかしそれ以上に傷ついているリキャルドの足許にもおびただしい血が散っていて、白い大地を赤く染めていた。

それでも二人は息を弾ませながら剣を交えていて、いったいどちらが勝つかわからない状況だった。

（あぁ、マティアス……！）

このままではマティアスも無事では済まない気がして、ヴィクトリアはなにも考えずに部屋からとび出した。

　急いで階段を下りている間にも剣を交える音が聞こえているが、足がもつれて上手く下りられない。

　それでも必死になって階下へ下りていき、玄関ホールに辿り着いたヴィクトリアは、玄関を開いた。

　その途端に闘っている二人の息遣いがわかるほどの臨場感を味わい、息をのんだ。

　目を離している隙にマティアスはまた新たな傷を作っていて、それを見ただけで倒れそうになったものの、足に力を込めて自分を奮い立たせ、二人の闘いを見守っていたのだが、マティアスが剣を振り上げた瞬間を待っていたかのように、リキャルドが脇腹を斬りつけようとしているのを見てしまって――。

「リキャルド様……っ!!」

　リキャルドを止めようと咄嗟に名を呼ぶと、思惑どおりヴィクトリアを振り返った。

　その隙を見逃さず、マティアスは左側の死角からリキャルドを思いきり斬りつけ、赤い血が飛び散った。

「ぐッ……!」

　膝からがくりと倒れたリキャルドが白い大地に倒れ込む瞬間は、なぜか時がゆっくりと進んでいくように思えた。

そして自分のひと言で勝負がついたことにヴィクトリアは息を乱しながら、倒れ込むリキャルドをただただ凝視めていた。

「ヴィクトリア……ここへ来い……」

空を凝視めたまま呼ばれて、ヴィクトリアは恐る恐るリキャルドに近づいていった。

近づくにつれ白い大地はリキャルドの血を吸って、赤く染まりきっている。

途中マティアスに止められたが、それをやんわりと振り切って跪くと、リキャルドはふと笑った。

その笑みは今まで見たことがないほど穏やかなもので、ヴィクトリアは戸惑いを隠せなくなった。

「おまえの声に気を取られるとは、俺も落ちたものだ……」

「リキャルド様……」

「俺はもうすぐ死ぬ……最期におまえからくちづけをしてくれ……」

くちづけをねだられたことなど一度もないのに、この期に及んでヴィクトリアからのキスを欲しがるとは思いもしなかった。

乱暴な仕打ちを受け続けたが、最後にはマティアスを選んだことへの申し訳なさもあって、ヴィクトリアが覚悟を決めてリキャルドの冷えきった頬に手を添えた時だった。

「あっ……!?」

ガシッと剣が鳴る音が聞こえたかと思った時には、マティアスに抱き込まれていた。

なにが起きたのか一瞬わからなかったものの、見ればリキャルドは最後の力を振り絞って剣を構えていて、それをマティアスの剣が止めていた。

「だめだよ、兄さん。ヴィクトリアを道連れにしようとするなんて、この俺が許さない。ヴィクトリアはもう俺のものなんだから」

「フン、いつまで経っても憎たらしい……そんな尻軽な女などおまえにくれてやる」

「ぁ……」

マティアスにとても大切そうに抱きしめられている姿をリキャルドは冷めた目で凝視めていたが、急に咳き込んだかと思うと口の端から血を溢れさせて、そのままゆっくりと目を閉じ、それきり動かなくなった。

「……勝った……勝ったよ、ヴィクトリア。兄さんに勝った！　ははっ、兄さんにようやく勝った……！　これでもうヴィクトリアは俺だけのものだ！」

「マティアス……」

とても嬉しそうに抱き上げられてぐるりと一周されたが、リキャルドの屍《しかばね》を前にして手放しで喜べる気分ではなかった。

それでも嬉しそうなマティアスにぎこちなく微笑み返し、その胸に抱かれていると、自由の風の面々もオーグレーン王国の騎士団長を倒した喜びの歓声をあげ始めた。

するとその中から理知的な青年が二人こちらに近づいてきて、マティアスと握手をした。

「よくやってくれた、マティアス。騎士団長さえ倒せば絶対王制を崩すことができる」

「このまま自由の風の幹部として一緒に戦ってくれないか？」

「その話は謹んで辞退させてもらうよ。もちろん資金調達には協力するし、王宮内の情報を提供することは約束する」

「そうか、残念だが仕方ないな。その娘さんと幸せにな」

「これからも俺たちは反王制組織として、ヨルゲン王から自由を取り返すまで頑張るよ」

二人と固い握手をしたマティアスは、ヴィクトリアの身体を掬うように抱き上げ、歓声を上げる面々をその場に残して屋敷へと戻っていく。

「みんなを置いていいの？」

「最初からそういう契約だったんだ」

「契約……？」

「その話はおいおいしていくよ。それより今は早く二人きりになりたい」

口唇にチュッとキスをしてきたかと思うと、マティアスはとても嬉しそうに微笑む。

リキャルドの死をどうしても喜ぶことができず、ヴィクトリアは俯いていたのだが、マティアスは気にした様子もなく頬へ何度もキスをしてきて、そのまま屋敷の中へと連れていかれた。

＊　＊　＊

マティアスのベッドルームに辿り着いた途端、ベッドへもつれ込むように押し倒されて熱烈なキスを受けたヴィクトリアだったが、それを必死で振り解いた。

「待ってマティアス、んっ……お願い、待って……」

「なにがいやなのさ？」

「いやな訳じゃなくて……リキャルド様の遺体を残したままにしておくなんて……」

秘策が成功して嬉しいのか、マティアスはすっかり浮かれているが、家長のリキャルドの亡骸《なきがら》を放置したままでいい筈がなく複雑な思いで見上げた。

しかしマティアスはちっとも気にしていない様子でキスを仕掛けてくる。

「あとのことはエイナルが上手くやってくれるさ」

「け、けれど……」

エイナルに任せきりという訳にもいかない気がして反論をしようとしたが、何度も何度もキスをされてしまう。

「待って、マティアス……待ってったら……」

それでもなんとかマティアスを止めようとしたが、そこでマティアスの腕や肩の傷のことも思い出して、キスを振り解いた。

「んっ……それじゃせめて先に傷の手当てをさせて」

「あぁ、もう血も止まってるし、こんなのただの掠り傷だよ」

雪の上に血が滴っていたのをこの目で確かに見たというのに、それが掠り傷な筈がない。

まだキスの雨を降らせてくるマティアスを押しのけて、リキャルドに斬られた腕や肩を確認した。

「んっ……まだ血が滲んでいるじゃない。あぁ、この傷はきっと痕が残ってしまうわ」

「兄さんからヴィクトリアを奪った名誉の傷だから、痕になってもいいよ」

傷を真剣に見ているヴィクトリアの頬にチュッとキスをして、マティアスが身体ごと包み込んでくる。

最初は抵抗していたものの、そのうちにおとなしく逞しい胸に頬を寄せたヴィクトリアは、長かったようであっという間に決着がついた闘いを思い起こした。

「……リキャルド様はどうして私の声に振り向いたのかしら？」

今でもどうしてリキャルドが、自分の声に振り向いたのか不思議だった。

オーグレーン王国の騎士団長ともあろう人が、闘いの最中に気を散らすなんて。

「兄さんにとってもヴィクトリアは特別な存在だったんだと思う」

「私がリキャルド様の特別な存在……？」

「あぁ、俺の母さんを憎んで偏《かたよ》った愛し方しかできない兄さんにとって、ヴィクトリアは特別だったんだ」

リキャルドの母は先代が妾を作っていることを知り、心を少しずつ病んで、次第に身体も弱っていき死に至った。

だからマティアスの母をとても憎んでいて、妾が堂々と本妻になった時から、女はみんな尻軽な売女だと思い込んでいたのだとマティアスは言う。

愛に不器用だとはヴィクトリアも感じてはいたが、やはり母のことはリキャルドにとってトラウマになっていたのかと思うと、少しだけ気の毒に感じた。

「リキャルド様がそんなふうに思っていたなんて……」

「昔から兄さんは自分の結婚相手なんて誰でも良かったんだ。だからブリリオート子爵家からヴィクトリアが挨拶に来たその日に、ヴィクトリアのことを無理やり奪ったんだよ」

「……知っていたの？」

思わず身体を起こして凝視めると、マティアスは申し訳なさそうに頬を包み込んできた。

「ごめん、あの日ヴィクトリアが俺にも手土産をくれただろう？　そのお礼を言いたくてあとからこっそりとゲストルームまで行ったんだ。そうしたら中からヴィクトリアの悲鳴が聞こえて兄さんが……」

リキャルドが無理やり奪う瞬間を垣間見てしまったマティアスは、あまりにも驚いてその場から立ち去ったのだと言う。

「綺麗なヴィクトリアが兄さんに穢されるのが許せなかったのに、なにもできないまま逃げてごめん」

「もしもマティアスに助けられてたら、もっとショックを受けていたわ」

ベルセリウス公爵家へ初めて訪問した時に、引き合わされた初々しい十五歳のマティアスを思い出して、ヴィクトリアは頬を赤らめた。

確かに助けを求めていたが、まだ子供のマティアスに助けられていたら、きっと合わせる顔がなかった筈だ。

「けれど、どうしてそれで私がリキャルド様の特別な存在だってわかるの？」

「端から見ていればわかるよ。それまで娼婦ばかりを相手にしていた兄さんがヴィクトリアが挨拶に来た途端に娼婦を呼ばなくなったしね」

「リキャルド様が……」

「きっと兄さんは、一途な愛を贈り続けるヴィクトリアを無意識のうちに愛してたんだと思う。でもそれを表現するのがとても下手だったんだ」

愛されている実感がなかったが、あれでもリキャルドなりに愛していたのだろうか？

そう思うとなんだか複雑な気分になってきて、マティアスにギュッと抱きついた。

「あの時、本当はマティアスの名を叫ぼうとしたの。けれど、リキャルド様を止めることができるかもしれないと思って、咄嗟に……」

「助かったよ、なかなか隙がなくて俺のほうが不利になりそうだったから」

「……私がリキャルド様の命を奪ったんだわ」

そう思うと今さらになって自分の行動が恐ろしくなり、身体が震えてきた。

リキャルドの名を叫んだことで命運を分けたのだと思うと、自分がすべての鍵を握っていたようにも思えてしまって——。

「実際に手を下したのは俺なんだからヴィクトリアが気にすることはない」

「けれど……」

「愛している自覚もないまま、今までさんざん酷い扱いをしてきたんだ。そのくらいの仕返しはしてもいいと思うよ？」

そんなに簡単に割り切ることができなくて、ヴィクトリアは考え込んでしまった。

マティアスの言うとおり、もしもリキャルドも自分を愛していたというのなら、一応は相思相愛だったということになる。

しかしけっきょくは優しいマティアスに惹かれていったことを思うと、不実だったのはリキャルドではなく自分だ。

しかもリキャルドが死に至る原因を作ったのも自分だと思っただけで、罪悪感で押し潰されそうになった。

「私がリキャルド様を殺したんだわ……」

「気にしなくていいって言っただろ。すべては俺の仕業なんだから」

「マティアスの仕業なんかじゃないわ。私がすべて悪いのよ……」

「落ち着いて、ヴィクトリア」

顔を覆って震えるヴィクトリアをギュッと抱きしめながら、マティアスは宥めるようにキスをしてくる。

それでもいつものように心が甘く震えることもなく、ただただ落ち込んでいたのだが、何度も何度も優しいキスをされているうちに、少しだけ落ち着きを取り戻した。

「兄さんが死んだ今だから白状するよ。不器用な愛し方しかできない兄さんから、献身的な愛を贈り続けるヴィクトリアを奪うチャンスをずっと待ってたんだ」

「リキャルド様から私を奪う……？」

「あぁ、兄さんに酷い仕打ちを受けているヴィクトリアを見る度に胸が張り裂けそうだった。でも兄さんくらい強くならなければ相手にもしてもらえないのは目に見えてたから」

だからもう何年も辛抱強くチャンスを待っていて、その間に腕を磨いて地下組織とも繋がりを作り、リキャルドに打ち勝つ努力をしてきたとマティアスは言う。

「そろそろ行動に移そうと思っていた矢先に兄さんが長期遠征に出ることを知って、今回行動に出たんだ」

「そういえば契約とか言っていたけれど……マティアスは自由の風の一員じゃないの？」

「自由の風じゃないよ。情報提供や密偵を送り込む手伝いをする代わりに、兄さんを倒す手伝いをしてもらったんだ。つまりは利害が一致したってところかな」

そこは理解できたが、まだ納得のいかない部分もあって、ヴィクトリアはマティアスを見上げた。

「ならばなぜ自由の風を名乗った少年に背中を斬られたの？」

「あぁ、それはベントを欺く為と、ヴィクトリアに自覚してもらう為。手加減がわからない子供にやらせたから、予想より深い傷を負ったけど」

「そんなことの為に……」

ベントのことはわかるが、あまりのことに怒るのを通りすぎて呆れてしまった。

確かにあの時、傷を負ったマティアスを見て自分がどれだけマティアスに惹かれているのか気づいたが、やることが大胆すぎる。

「そのせいでベントが変な動きをしたけど、結果的にこの屋敷で一番やっかいな相手を上手く排除することができた。でもあの時は間に合わなくて本当にごめん」

「もういいのよ、それは」

「これでもう俺たちを邪魔する者はこの屋敷にはいない。ようやく自由になれたんだよ」

そう言いながら頬やこめかみにキスをされて、くすぐったさに肩を竦めていたヴィクトリアだったが、気分はまだ落ち込んだままだった。

冷たくされるよりも優しく愛されたいが為に、マティアスの計画どおりに動いてしまった自分を思うと、本当に打算的な自分を思い知らされた。

しかしいくら後悔してもリキャルドが戻ってくる訳ではない。

相思相愛だったとしても冷たい仕打ちを受けていつまでも結婚をしてもらえず、自分の居場所も確保できない状態でいるよりは、わかりやすい愛情表現をしてくれるマティアスと人生を共にするほうが何倍もいい筈だ。

たとえ周囲に狡い女だと噂されてもいい。まったくそのとおりなのだから。

「ねぇ、マティアス？」

「ん……？」

「こんなに狡い女でもマティアスは本当にいいの？　私がここに留まっているのは両親への援助目当てなのよ」

「ヴィクトリアは狡くない。それに最初は援助目当てだっただろうけど、今は俺を心から愛してくれているだろう。俺にとっては誰よりも綺麗で純粋で真っ白な存在だよ」

手を取られたかと思うとチュッと熱烈なキスをされて、微笑みかけられる。

両親への援助目当ての女をどうしてここまで溺愛できるのか不思議で見上げると、おでこにもキスをされた。

「納得がいってない顔だね。でも本当に狡い女はそんなことを訊かないよ」

「けれど……」

やっぱり自分は狡い女にしか思えずに躊躇っていると、マティアスが身体をそっと包み込んできた。

「心から愛している、出会った日からずっと」

「出会った日から……？」

「うん、これに見覚えはない？」

そう言ってマティアスは懐から小さな手袋を取り出した。

少し煤けていたが元は白かった手袋を目にして、ヴィクトリアは目を瞠った。

「これは……」

「そう、ヴィクトリアがこの屋敷に初めて来た時に俺にくれた手袋だよ。俺の母さんは編み物が苦手だったから、手編みの手袋をもらったのは初めてで、すごく嬉しくて、俺は兄さんより先に恋に落ちたんだ」

「まさかずっと持ち歩いていたの？」

「そのまさかだよ。俺にとってこの手袋は大切な宝物だから」

差し出されて思わず受け取ったヴィクトリアは、なんだか心が甘く疼くのを感じた。

こんなに煤けるまで大切に持ち歩いてくれていたなんて思いもしなくて。

「けれど何度も手袋を編もうとしたのに、断ってたわ」

「俺にとってはヴィクトリアみたいに真っ白なこの手袋があれば充分だったから」

「私は真っ白なんかじゃないわ」

それどころかリキャルドやベントに身体をいいようにされて、金目当てでこの屋敷に入り込んだというのに、それでもマティアスにとっては純粋な存在だなんて。

そこまで想われているのだと思ったら、呆れてしまってなぜか涙が滲んできてしまった。

「泣かないで、俺のヴィクトリア。愛しているよ」

目尻に浮かんだ涙を吸い取られて、そのまま頬にもチュッとキスをされる。

以前リキャルドがマティアスは自分を神聖視しすぎていると言っていたが、まったくそのとおりだと思った。

しかしマティアスの目を通した自分がそこまで純粋な存在に映っているのなら、それはそれでいいように思えてきた。

それならば永遠に愛し続けてくれるに違いないから。

「私も心から愛しているわ」

「ヴィクトリア……」

泣き笑いになってしまったがギュッと抱きついて口唇にキスをすると、マティアスは優しく微笑んでくれてキスを返してくれる。

吐息と吐息が絡むようなくちづけをお互いに返し合って、ふと微笑み合う。

そして今度はしっとりと口唇を合わせて、想いの丈を伝え合った。

「ん、ふ……」

まるで口唇を食むように合わせられて思わず甘く喘ぐと、それを待っていたかのように舌が潜り込んできて、ヴィクトリアのそれを搦め捕る。

それに応えてヴィクトリアも積極的に吸い返して絡め合うと、胸の奥が甘く疼いてきて思わずマティアスにしがみついた。

「ぁ、ん……」

宥めるように背中を撫でられながらちゅ、くちゅ、と舌を摺り合わせるだけで腰が砕けてしまい、少しもジッとしていられずにベッドの上で身体を波打たせる。

それに合わせてマティアスも身体を合わせてきて、まるでダンスを踊っているかのように身体全体を使って甘いキスを仕掛けてきて――。

「ん、ふ……ぁ……あぁ、んっ……」

口腔の感じる箇所を舐められる度に身体をぴくん、ぴくん、と跳ねさせていると、マティアスは身体を宥めるように撫でながらもドレスのホックを外していく。

「あ、んん……」

リキャルドへの罪悪感はたぶん一生消えないだろう。

しかし優しいマティアスを選んだのは確かに自分だ。

それを思えばマティアスに求められるまま身体を差し出すのはごく自然なことに思えて、ヴィクトリアも積極的にドレスを脱ぎ、そしてマティアスの服にも手を掛けて脱ぎ捨てていくのを手伝った。

「もう下着を着けてもいいのに」

「あ、つい癖《くせ》で……」

「俺は兄さんのような愛し方をするつもりはないから、もう普通にしていいよ」

「ええ、わかったわ……」

優しく囁かれて、ヴィクトリアはふんわりと微笑んだ。

その笑みに誘われるように、マティアスがすぐにギュッと抱きしめてくる。

「あ、ん……」

乾いた肌と肌が触れ合う感触はなんともいえず心地好くて、ヴィクトリアもギュッと抱きついた。

するとマティアスは首筋に顔を埋め、そこから徐々に胸へとキスを落としていく。

期待に打ち震えてぷっくりと尖る乳首にキスをされた途端、そこから甘い疼きが湧き上がってきて思わず胸を反らせた。

「もっとしてほしい？」

「訊かないで……」

「言ってくれないとわからないよ。この可愛いベビーピンクの乳首をヴィクトリアはどうしてほしいの？」

「やぁっ……あん……」

淫らな願いを口にするのが恥ずかしくて、ヴィクトリアはいやいやと首を横に振った。

しかしマティアスはヴィクトリアの口からねだる言葉を聞きたいらしく、乳房に柔らかく吸いつくだけで、決して乳首に触れてくれなかった。

「やぁ……」

堪らずに胸を反らせて触れてくれるのを待っていたが、マティアスは徒に乳房に触れてくるだけで、ヴィクトリアの顔を覗き込んでくる。

「ほら、言って。ヴィクトリアはどうしてほしいの？」

「あん、触って……」

「こうやって触るだけでいいの？」

乳首をツン、とつついただけですぐに離れていく指を、ヴィクトリアは物欲しげな表情で凝視めた。

「やぁっ……もっと弄って……」

「どんなふうに？」

「んっ……もっといっぱい擦って……」

「こんな感じ？」

言いながら両の乳首をくりくりっと速く擦り上げられた瞬間、あまりの快感にヴィクトリアは身体を仰け反らせた。

するとマティアスはさらに乳首を弄り、時折乳房を優しく揉みしだいてくる。

「あ、あん……んっ、あ……あぁ……」

「気持ちよさそうだね、俺に可愛い乳首を弄られて嬉しい？」

「んっ……」

恥ずかしいのを堪えて頷くと、マティアスはクスッと笑って乳首をまあるく撫でた。

「俺の愛撫で感じてるヴィクトリアは最高に可愛いよ……もっと気持ちよくしてあげる」

「あっ、あぁ……！」

乳首にチュッとキスをされたかと思うと、そのまま口の中にちゅるっと吸い込まれて、口唇を使って何度も何度も吸い上げられる。

それが堪らなく好くて吸い上げられる度に身体をぴくん、ぴくん、と跳ねさせていると、舌先でざらりと舐め上げられる。

「あぁん、んっ、あ、あぁ……」

柔らかくて繊細な動きをする舌に、ぷっくりと膨らむ乳首を押し潰すように舐められるのがものすごく好い。

もう片方の乳首も舌を動かすタイミングできゅうぅっと摘まれると、乳首だけでなく秘所まで甘く疼いてしまい、ヴィクトリアは脚を摺り合わせた。

乳首を弄られる度に秘所がきゅん、と疼いて、蜜口から愛蜜が溢れてくるのがわかる。

それに蜜口がひくん、と蠢動するとまだ眠っている秘玉も甘く疼いて、乳首を弄られるだけで達してしまいそうだった。

「あん、んっ……マティアス……」

「そんなに目をうるうるさせて。乳首だけじゃ物足りない？」

「やっ……」

乳首をきゅうぅっと摘まみながら訊かれて、ヴィクトリアは堪らずに背を仰け反らせた。

正直に言えば早く秘所に触れてほしいが、それを口にするのが恥ずかしくて、ただいやいやと首を横に振ることしかできない。

また淫らな質問をされたらそれだけで達してしまいそうで身体を小刻みに震わせていると、マティアスはクスッと笑いながらヴィクトリアの脚を開いた。

「あっ……」

「もうこんなに濡れてたんだ？　シーツに染みができてるよ」

「やぁっ……！」

まるで粗相をしてしまったような羞恥を感じて、ヴィクトリアは身体を捩った。

しかし脚を大きく広げられたままでは上半身を横にすることしかできず、秘所をじっくりと凝視められる。

その熱い視線を感じるだけで蜜口がきゅん、と疼いて、また新たな愛蜜が溢れてくるのがわかり、顔と言わず雪のように白い身体がほんのりと染まった。

「そんなに一番淫らな場所を見られるのが恥ずかしい？」

「んっ……」

「でもね、見るだけじゃないよ。こうやってくちゅくちゅ弄るとヴィクトリアはどうなっちゃうんだろうね？」

言いながら指先で開いた陰唇をぷちゅくちゅと音がするほど撫で擦られた途端に、腰が淫らに躍ってしまった。

それが恥ずかしいのに気持ちよくて腰を揺らめかせていると、そのうちにマティアスの指が愛蜜を掬い、昂奮に包皮から顔を出す秘玉をくりゅっと撫でてきた。

「あぁん……！」

最も感じる秘玉をくりくりと弄られる度に、腰がひくん、と跳ねてしまう。

堪えようと思っても堪えきれるものではなく、指先で円を描くようにじっくりと弄られると、腰が淫らに揺れた。

その様子を凝視めながらマティアスはクスッと笑い、さらに貪婪に指を動かす。

「あっ、あぁっ、あん、あぁ……」

「ここを弄ると腰がいやらしく揺れちゃうね。そんなに気持ちいい？」

「やぁん……訊かないで……」

「気持ちいいんだ？　ならばもっと速く弄ってあげるよ」

「あ、やぁ……あ、やっ、あぁん、あっ……！」

くちゅくちゅと淫らな音がたつほど秘玉を集中的に烈しく擦り上げられて、ヴィクトリアはシーツに縋りつきながら堪えていたのだが——。

「あぁ、や、あっ……あ……っ……やあぁぁあ……！」

愛蜜に濡れた秘玉をきゅっと摘まみ上げられた瞬間に達してしまい、腰をひくん、ひくん、と跳ねさせた。

蜜口もきゅうぅっと締まり、息を凝らして絶頂の余韻を味わっていたのだが、息を吹き返した途端になにかを咥え込みたいというように開閉を繰り返す。

「達く時の顔が最高に可愛い」

「や、ん……」

膝にチュッとキスをされたが、全身が敏感になっている今はそんな些細なキスにも大袈裟に反応してしまい脚が跳ねた。

するとマティアスは膝から脚の付け根にかけてをじっくりと撫で上げていく。

「でもまだここが満足してなさそうだね」

「あン……！　そんなこと……」

そんなことはないと首を横に振ったが、きゅっと閉じている蜜口をぐるりと撫でられて、つんつんとつつかれる。

その途端にヴィクトリアの意思とは関係なく蜜口がひくん、と反応してしまい、クスッと笑われた。

「ヴィクトリアのここはもっと欲しいって言ってるよ？」

「やぁ、ん……ちが、違うの……」

まだ快感の余韻が残っている身体を立て続けに刺激されたらどうにかなってしまいそうで、ヴィクトリアは涙目でマティアスを見上げた。

しかしマティアスの視線はひくひくと開閉する蜜口に注がれていて、それを意識した瞬間にまたひくん、と蠢動してしまい、愛蜜がとろりと溢れ出た。

「なにが違うの？　こんなに物欲しそうにひくひくさせておいて。ヴィクトリアのここは俺の指を待ち焦がれてるじゃないか」

「あぁっ……お願い、まだ挿れちゃ……あっ……！」

蜜口を徒に弄っていたマティアスの指がほんの少し力を込めただけで、蜜口は長い指を根元まであっさりとのみ込んでしまい、ヴィクトリアはぞくん、と背筋を震わせた。

「ものすごく熱い……熱くて俺の指を目一杯締めつけて奥まで吸い込もうとするね」

「いやぁん……あっ、あ、あぁ、あっ……そんなにいっぱいだめぇ……！」

中の様子を口にされただけで達してしまいそうなほど感じているのに、さらに指を抜き挿しされると腰の奥から堪らない愉悦が湧き上がってきて、ヴィクトリアはいやいやと首を横に振った。

「フフ、すごい音がする。ヴィクトリアにも聞こえるだろう？」

「あぁん、あっ、あぁ、あっ、あっ、あぁ……」

指を烈しく抜き挿しされる度に、ちゃぷちゃぷちゃぷ、と粘ついた音が聞こえて、あまりの羞恥と快感にヴィクトリアは腰を躍らせた。

するとマティアスはクスッと笑い、さらに烈しい指淫を仕掛けてきて――。

「わかる？　俺の指を二本も咥え込んで……ものすごく気持ちよさそうだね」

「やぁっ、あん、あぁ、あっ、あぁ、あっ、あ……」

最奥には届かないものの、突き上げられる度に腰が浮いてしまうほど感じてしまう。

それが嬉しいのかマティアスはクスクス笑いながら穿ってきて、ヴィクトリアが蕩けきった声をあげる箇所を見つけては、そこをずくずくとつついてくる。

「あん、んんっ……そんなにしたら私っ……」

「もう達っちゃう？」

「んっ……」

恥ずかしいのを堪えて頷くと、マティアスは途端にゆったりとした動きに変えた。

「あっ……ぁ……どうして……」

「感じているヴィクトリアをもっと見ていたいんだ」

「そんな……ぁ……あっ……あ……」

ゆっくりと抜き挿しされると指の動きがよくわかって、うずうずと疼くような快感が湧き上がってくる。

訳がわからなくなるほど追い上げられるほうがあまり羞恥を感じなくて済むのに、ゆったりと穿たれると媚壁が物欲しそうに蠢いてしまい、今まで以上に恥ずかしかった。

「う、ん……ぁ……」

堪らずに腰を淫らに揺らめかせて好い箇所に擦れるようにしようとするが、それを察したマティアスは、わざと違う場所を擦りたててきて腰の奥が焦れったくなった。

「や、やぁ……マティアス、お願い……」

「うん？　どうかした？」

「お願い、もう焦らさないで……」

快感にぶるるっと震えながら涙目で凝視めてお願いすると、マティアスはようやく満足したらしく微笑んだ。

「いいよ、ヴィクトリアが好いのをいっぱいあげる……」

「あっ、あぁ、あっ、あっ、あっ、あぁっ……！」

再び烈しく穿たれた瞬間、快美な刺激が背筋を走り抜けて、ヴィクトリアはシーツにしがみつきながらマティアスの指に合わせて腰を淫らに躍らせた。

突き上げられる度に腰を浮かせてはマティアスの指を思いきり締めつけ、もっと奥へと誘うように吸いつく。

「すごいな……早くヴィクトリアの中へ入りたい」

「あん、んんっ……ん、ぁ……あぁっ、あっ、あっ、あぁん……！」

ため息交じりに囁かれるだけでも今は相当な刺激になって、身体が甘く痺れた。

四肢も徐々に強ばりだしてシーツに爪を立てて堪えていたのだが、ずちゅくちゅと音がたつほど指を抜き挿しされているうちに、腰の奥から甘い感覚が湧き上がってきて、媚壁がひくひくとマティアスの指を締めつけ始めた。

するとマティアスはもっと烈しく指を抜き挿し始めて、ヴィクトリアも好い箇所が擦れるように腰を貪婪に動かした。

そしてちょうどいい箇所を擦り上げられた瞬間に堪らない愉悦が押し寄せてきて、ヴィクトリアは腰を浮かせながらも全身を強ばらせた。

「あっ……っ……あぁぁあぁあん！」

ひくん、ひくん、とマティアスの指を締めつけながら達してしまい、深い快感を味わい尽くしてから腰を落とした。

その途端にマティアスの指が抜け出ていき、蜜口と指の間に透明な糸がたれた。

しかしそれを気にする余裕もなく、胸が上下するほど息を弾ませていると、片脚を思いきり持ち上げられて肩に担がれた。

苦しい体勢に思わず横向きになると、マティアスはもう片方の脚を跨いだ格好で熱く滾る淫刀を蜜口に押しつけてきた。

「ぁ……」

「わかる？　ヴィクトリアがあまりにも可愛くてもう我慢できないんだ」

「……今日のマティアスは少し意地悪だわ」

「これが本性だよ。今までは少し意地悪になる自分を抑えてたからね」

だとしたらこれからも淫らな言葉や行為で責められるのかと思ったら、なんだかぞくん、と甘く疼いてしまった。

恥ずかしい行為なんていやな筈なのに、そこで疼いてしまうということは、自分もそういう嗜好があるのだろうか？

「そんなの違うわ」

「なにが？」

「な、なんでもないわ」

思わず言葉にしてから慌てて首を横に振ると、マティアスは首を傾げつつも頬にチュッとキスをしてくる。

「それより早くヴィクトリアとひとつになりたい」

二度も立て続けに達かされたおかげでもうくたくただし、全身が敏感になっているので少し休ませてもらいたかったが、早くひとつになりたいという願いはヴィクトリアにもあって素直に身体の力を抜いた。

「ありがとう、ヴィクトリア……」

「んっ……」

脚の柔らかな部分にチュッとキスをされて、思わずぴくん、と反応すると、マティアスは微笑みながら脚に頬擦りをした。

そしてその脚を折り曲げながらゆっくりと押し入ってきて、時間をかけて最奥に辿り着くと、凝らしていた息をついて微笑みかけてくる。

「ヴィクトリアには安心してって言ってたけど、本当は少しだけ自信がなかったんだ」

「え……？」

「またこうしてひとつになれて、ものすごく嬉しい」

「マティアス……」

リキャルドとの対決での本音を洩らしたマティアスを凝視め、ヴィクトリアは微笑んだ。

またこうして肌を重ねることができて嬉しいのは、ヴィクトリアも同じだ。

あの時自分が叫ばなければ、マティアスが命を落としていた可能性だってあったのだ。

そう思えばひとつになれること自体が貴重に感じてヴィクトリアが頷くと、マティアスも微笑んでゆったりとしたリズムで穿ち始めた。

「ぁ……ん、んっ……」

張り出した先端が媚壁を掻き分けながら抜け出ては、また戻ってくる感触にぞくん、と感じてシーツにしがみつくと、マティアスは徐々に腰の動きを速くした。

くちゃくちゃと淫らな音がたつほど穿たれて、秘所が密着するほど深くにマティアスを感じ、そのあまりの刺激に身体を震わせているところをさらにつつかれるとどうにかなってしまいそうだった。

しかし感じているのはなにもヴィクトリアだけでなく、マティアスもまた媚壁の締めつけが好いのか中でびくびくっと脈動する。

「あ、ん、あっ、あっ、あぁ……あっ、あぁっ……」

腰を使ってリズミカルに律動されると腰の奥から甘やかな感覚が湧き上がってきて、それを夢中になって追っていると、マティアスは息を凝らしながらもクスッと笑う。

「綺麗だよ、ヴィクトリア……」

「あん、んっ……あ、あっ、あぁ、あっ、あぁん……」

「俺のヴィクトリア、もう二度と放さない……」

「あぁ、マティアス……」

烈しく腰を使われる度に、双つの乳房もたぷたぷと揺れて少しだけ恥ずかしかったが、甘い言葉を囁かれると胸の奥まで甘く疼いて余計に感じる。

頬も自然と火照ってきて、潤んだ瞳でマティアスを見上げれば優しく微笑まれて、さらにずくずくと穿たれる。

「あ、んっ……あ、あぁ、あん、あっ、あぁ、あっ……」

最奥をつつかれる度に蕩けきった甘い声が自然と洩れるが、愛するマティアスにならどんなに淫らな自分も曝け出せて、ヴィクトリアも好い箇所に擦れるように腰を使った。

突き上げられる度に腰を躍らせてマティアスを目一杯受け容れる。

ずん、ずん、と最奥をつつかれるタイミングで媚壁が絡みつくように吸いつき、マティアスをもっと奥へと誘う。

それが好いのかマティアスは息を凝らしながらも抜き挿しを繰り返す。

「あぁん、マティアス、マティアス……！」

「……ッ……」

切羽詰まった声で名を呼ぶと、わかっているというようにちゃぷちゃぷと呆れるほど淫らな音をたてて掻き混ぜられて、ヴィクトリアはシーツにしがみつきながら身体を小刻みに震わせた。

それでも衰えを知らないマティアスの逞しい楔は、ヴィクトリアの媚壁の感触を楽しむように、出たり入ったりを繰り返す。

「あっ、あん、そんなにしたら私っ……」

媚壁を捏ねられる感覚が心地好くて、身体が徐々に高みへと上り詰めていくのがわかる。

それでもまだ繋がっていたい気持ちが強くて堪えていたのだが、さらにくちゃくちゃと掻き混ぜられるのがあまりに気持ちよくて、身体がぶるりと大きく震えた。

「あぁん、あっ、あ……あぁん、あん、あっ、やっ……っ……あぁぁあぁ！」

堪えきれずに絶頂を迎えて身体を絞るように強ばらせると、マティアスもほぼ同時にヴィクトリアの中にびゅくっと熱い飛沫を浴びせてくる。

「あ……ぁ……っ……」

その途端にお腹の中がじんわりと熱くなり、息を弾ませているうちに、マティアスが腰を摑んで何度か打ちつけてくる。

その度に残滓を浴びて小さな絶頂を感じていると、すべてを出し尽くしたマティアスがホッと息をついて覆い被さってきた。

「ぁ……っ……」

ずるん、と抜け出た途端に、受け止めきれなかった白濁がこぽりと溢れ出た。

その感触にぞくん、と肩を竦めている間に、頬にチュッとキスをされた。

「んっ、ぁ……」

ふと見上げた途端に今度は噛みつくようなキスを仕掛けられて、舌を絡められた。

それに応えてヴィクトリアも舌を合わせると、思いきり吸われる。

「んふ、んっ……」

まるで想いの丈を伝えるようなキスをうっとりとしながら受け容れていたが、そのうちに身体の熱が冷めていき、キスも徐々に穏やかなものになってきた。

それでも充分に情熱的なくちづけで、ヴィクトリアも夢中になって応えた。

そして最後にチュッと音が鳴るキスをされて、至近距離で凝視め合う。

「溶けそうなほど最高に気持ちよかった」

「ええ、私も……」

頬をほんのりと赤らめて頷くと、マティアスは嬉しそうに微笑みながら頬にまたチュッとキスをして、ヴィクトリアを逞しい胸に抱き込む。

「心から愛しているよ、ヴィクトリア。来週には結婚式を挙げよう」

「来週!?　そんなの急すぎるわ」

それではウェディングドレスだって用意できるかわからないし、なによりリキャルドの葬儀のすぐあとに結婚だなんて、不謹慎にも思えた。

もちろんすぐに結婚してくれるのは嬉しいが、ヴィクトリアにだって心の準備というものがある。

「別に誰も招待しなくていい。どうせ好奇の目で見られるだけだしね。オーロラの下で二人きりの結婚式を挙げよう」

「二人きりの結婚式……」

その提案には頷けるものがあったものの、いつ出現するかわからないオーロラの下で結婚式を挙げるだなんて、本当に大丈夫だろうか？

「オーロラが出現しなかったら？」

「俺たちの為だけにオーロラは必ず出現するよ」

「そんなのわからないじゃない」

「もしもオーロラが出現しない時は満天の星に誓えばいい。雪原に寝そべって星を見ながら誓い合うんだ。どちらにしてもきっと忘れられない結婚式になる」

確信を持って言うマティアスの笑顔を見ていたら、なんだか細かいことに拘っているのがちっぽけに思えてきて、ヴィクトリアは微笑んだ。

氷点下の中ではウェディングドレスは着られないが、雪原に寝そべって生涯の愛を誓うのも悪くない。

「そうね、マティアスと一緒になれるならどちらも素敵だわ」

「結婚をしたら俺からは二度と逃げられないよ？」

「愛しているもの、逃げるつもりなんてないわ」

クスクス笑いながら頬を擦り寄せると、マティアスが身体をすっぽりと包み込んだ。

その温もりが気持ちよくてうっとりと目を閉じると、マティアスが頭の上でクスクスと笑う気配がした。

「ようやく願いが叶って嬉しい。七年も愛し続けていたんだ、そしてこれからもずっとヴィクトリアは俺のものだからね」

まるで本当に放さないとばかりに、ウエストに指がゆっくりと食い込んでくる。

「……マティアス？」

「なに？」

「いいえ、なんでもないわ」

食い込む指が少しだけ痛くて見上げると、マティアスは優しく微笑んでいた。

それを見たら安心できて、また静かに目を閉じたのだが――。

マティアスの瞳が庭を向いて、狂気にも似た喜びに光っていることには気づけないヴィクトリアだった。

＊終章　薄氷の檻＊

「ヴィクトリア、こっちだよ。早くおいで」

手を差し伸べると迷わず握り返してくれるヴィクトリアを凝視め、マティアスは優しく微笑んだ。

この日の為に特注したホワイトパンサーの毛皮を纏ったヴィクトリアは、まるで夢のように美しく、深夜の雪原の中でも輝いて見えるほどだった。

「綺麗だよ、ヴィクトリア」

「もう何度も聞いたわ」

雪原を歩いてきたせいだけではなく、頰を火照らせるヴィクトリアは今すぐにでもベッドへ連れ込みたいほど可愛らしく、マティアスはそんな自分を制するので精一杯だった。

ヴィクトリアへの愛は日に日に募る一方で際限がない。

そんな自分に苦笑を浮かべると、ヴィクトリアが愛らしく首を傾げる。

「どうかしたの？」

「うん、俺ってつくづくヴィクトリアのことが好きなんだなって思ってたところ」

「やだ、もう……」

「ヴィクトリアは俺が好きじゃないの？」

ジッと凝視めながら少し拗ねた口調で言うと、ヴィクトリアはますます顔を火照らせて、上目遣いで睨んでくる。

「愛していなければ結婚なんてしないわ」

「兄さんの時とは態度がぜんぜん違うね」

冗談で言った途端に、ヴィクトリアは少し沈んだ表情を浮かべて寄り添ってきた。

先週の中頃にリキャルドの葬儀を執り行ったのだが、棺を埋葬してもヴィクトリアは浮かない顔をして、マティアスから離れようとしなかった。

自分のせいでリキャルドが死んだと思っているせいか、まだ罪悪感を持っているらしい。

マティアスとしては早くリキャルドの死など忘れてほしいのに、ヴィクトリアの中で罪悪感という形で存在が残っていることが気に入らなかった。

それでも心まで自分のものにしたいほどの独占欲を持っていることが知れたら、ヴィクトリアが離れてしまいそうで、マティアスは気にしていない振りをしている。

しかしリキャルドの亡霊はまだこの世に留まり続け、ヴィクトリアを縛りつけるのだ。

それを思うと悔しさが込み上げてくるが、最終的に勝ったのは自分だ。

七年前に真っ白な手袋をプレゼントされた時、リキャルドより先に恋をしたというのに、弟でヴィクトリアより年下というだけで相手にされず、せめてもう一度だけ話がしたいとゲストルームへ行ってみれば、ヴィクトリアは既にリキャルドに犯されていて――。

その時に見たヴィクトリアの雪のように白い乳房や、心許なく揺れる脚がずっと忘れられなかった。

そして二年後の両親の葬儀で、リキャルドを目一杯受け容れている淡い花を目にし、甘く喘いでいる姿を見た時から、自分は少しずつ狂い始めていたのかもしれない。

そうでなければリキャルドの殺害など思いつかなかっただろう。

リキャルドさえこの世からいなくなれば、自分がベルセリウス公爵家を継ぐことになる。

そうしたらヴィクトリアは自分に頼るしか手立てはなくなり、愛してくれる。

その計画を思いついた時は、なにかに感謝したくなった。

そして身体を鍛えてリキャルドに負けないほどに腕を磨き、騎士となってつらい下積みを始めた頃に、自由の風という反王制組織が結成されたことを知り、リキャルドの殺害に使えると思って自ら近づいた。

その結果少しの苦労はしたものの、当初思いついたとおりの殺害計画が成功して、ヴィクトリアを振り向かせることもできて満足だった。

(勝ったのは俺だよ、兄さん)

しかしオーグレーン王国の騎士団長の死はヴィクトリアだけでなく、国中にいろいろな波紋を呼んだ。

絶対的な強さを誇っていた騎士団長が、反王制組織に殺害されたことになっているせいか、ヨルゲン王は慌てふためき騎士の増強をした。

しかし自由の風へ入る若者のほうが圧倒的に多く、この一週間足らずでヨルゲン王の追放運動が盛んになり、民主主義が取って代わろうとしている。

しかしそんなことはマティアスにとっては、どうでもいいことだった。

ヴィクトリアさえこの手に入れれば、他のことなどまったく気にならない。

それほどまでにヴィクトリアは、マティアスにとって一番綺麗で純粋で、月の女神のように神聖で絶対的な存在だった。

ここで二人だけの結婚式を挙げたら、ヴィクトリアがいつまでも笑っていられるような家庭を作りたい。

マティアスが願うのはただそれだけで、あとはどうなっても構わなかった。

といっても民主制になれば貴族制度は廃止になるだろうし、ヴィクトリアとその両親を充分に養っていく為の事業を興そうと思っている。

騎士団にはさっさと見切りをつけて退団しているので、気楽なものだった。

「見て、マティアス！　オーロラだわっ！」

「ほらね、俺の言ったとおりだろ。俺たちの為にオーロラが出現するって」

にっこりと微笑んで二人して雪原に寝転がり、次々と形や色を変えていくオーロラを眺め、手と手を握りしめ合った。

「この奇跡のように美しいオーロラに誓って、生涯の愛を捧げるよ」

「私も。どんな時もマティアスを愛し続けて、人生を共に歩むってオーロラに誓うわ」

そこでふとヴィクトリアを凝視めると、ヴィクトリアもまたマティアスを凝視めていて、とても幸せそうに微笑んでいる。

そんなヴィクトリアが愛おしくて頬にチュッとキスをしたマティアスは、懐から天鵞絨張りの宝石箱を取り出した。

「これ、なんだかわかる？」

「もしかして……」

アメジストの瞳を輝かせたヴィクトリアを起き上がらせて、宝石箱を開いてみせた。

その中に並んでいるプラチナの結婚指輪を見た途端、ヴィクトリアは抱きついてくる。

「まだ早いよ、ヴィクトリア」

「だって本当に嬉しかったんですもの」

苦笑を浮かべて引き離すと、ヴィクトリアは居ずまいを正した。

それでもどこかワクワクした様子が伝わってくるのが嬉しい。

ここまで喜んでくれると、内緒で用意した甲斐があるというものだ。

「それじゃ、改めて指輪の交換をしよう」

マティアスも座り直して向かい合い、まずはヴィクトリアの左手の薬指に指輪を嵌《は》めた。

するとヴィクトリアは指輪をかざし見て、とても幸せそうに微笑んでくれる。

そして今度はヴィクトリアがマティアスの左手の薬指に指輪を嵌めてくれて、それを確認したところでギュッと抱き寄せた。

「マティアス……」

「次は誓いのキスだね」

耳許でそっと囁くと、ヴィクトリアは頬を火照らせながらも潤んだ瞳を閉じた。

それを待って柔らかな口唇へ、永遠の愛を誓ってそっと触れた。

「誰よりも綺麗だよ……」

「ん……」

至近距離で囁いた途端にヴィクトリアから甘い吐息が洩れて、それを聞いたら我慢が利かなくなり、今度はもう少し深いキスを仕掛けた。

ヴィクトリアの小さな口唇はとても可愛らしく、中を探ると蕩けるように甘い。

柔らかな舌を搦め捕り、想いの丈を伝えるように強く吸いつく。

何度くちづけても何度抱いても初心《うぶ》な反応を返してくるヴィクトリアが愛おしい。

こうしてキスをしている時も、恥じらっている姿が堪らなく可愛らしいのだ。

「ん、もうだめ……」

「なんで？」

キスを振り解いたヴィクトリアの耳朶に触れながら息を吹き込むように囁くと、途端に雪のように白い肌が染まり始める。

その瞬間のヴィクトリアもついいじめたくなるほど可愛い。

「風邪を引いちゃうわ」

「確かに。それじゃ続きはあとでね」

そう言いながら軽い体を掬うように抱き上げ、また口唇を掠め取る。

「ぁ、ん……」

「……愛しているよ、ヴィクトリア」

吐息のような声で囁くだけで、ヴィクトリアは顔を真っ赤にさせてマントをキュッと握りしめてくる。

「もう二度と誰にも触れさせない。俺の可愛いヴィクトリア……」

「マティアス……」

とても感激した様子で瞳を潤ませるヴィクトリアを見たら、少しかわいそうに思えた。

愛していることすら自覚がなく、愛の表現が下手なリキャルドには乱暴に扱われ、今度はその弟で独占欲の強い自分に愛されることしか知らないなんて、まるでベルセリウス公爵家という檻の中で監禁しているようなものだ。

しかしその自覚すらなく自分に溺愛されて幸せに浸っているヴィクトリアは、本当に幸せなのだろうか？

「マティアス、私とても幸せよ」

心を読まれたのかと思って一瞬ドキリとしたが、なんの迷いもなく微笑むヴィクトリアを見たら、ふと疑問に思ったことも霧散した。

ヴィクトリアがいつまでも微笑んで、なんの疑いもなく幸せでいられるのならば、少しくらい檻のような場所に囲っても許される気がした。

欺瞞《ぎまん》でもいい、ヴィクトリアさえ幸せならば、優しい男を演じ続けようと改めてオーロラに誓い空を見上げた。

するとヴィクトリアもつられたようにオーロラを眺めながらクスクス笑った。

「こんなに綺麗なオーロラを見たのは初めて。それとも綺麗に見えるのはマティアスと見ているからかしら？」

「嬉しいことを言うと俺が狼になるよ？」

「マティアスにならら食べられてもいいわ」

冗談で言ったのだろうが、本当に食べてしまいたいくらい可愛らしい口唇をもう一度塞ぎ、想いの丈を伝えた。

ヴィクトリアからも想いがこもったキスを受け、チュッと音をたてるキスをしてから二人して微笑み合い、オーロラがゆっくりと消えていくまで夜空を眺めていたのだが。

「ここは寒い。早く帰って温まろう」

「えぇ、私たちの家へ」

微笑みながら言うヴィクトリアの頬にチュッとキスをして、来た道を引き返していく。

ようやく見つけた自分の居場所を、もう誰にも渡すつもりはない。

その為にもヴィクトリアを幸せにするのが自分の使命だ。

そう思うと気が引き締まったが、ヴィクトリアが微笑むとつい顔が緩んでしまい、マティアスも微笑みながらまた頬にチュッとキスをした。

それだけで嬉しそうにはにかむヴィクトリアが愛おしくて――。

「愛しているよ、俺のヴィクトリア……」

ごく自然と口を衝いて出た愛の告白に、ヴィクトリアが目を閉じる。

それに誘われるように口唇をしっとりと塞ぐと、それだけで幸せな気分になれて、お互いの温もりを分かち合うようにいつまでも寄り添っていたのだった。

あとがき

今回このお話を書くにあたって、北欧の国をイメージして書きました。

作中には実際に食べられているお料理やお菓子もいろいろと登場します。

先日、某百貨店のデパ地下へお買い物へ行ったら、セムラやジンジャークッキーを売っている北欧菓子の専門店があって、あまりに感激してガン見してきました！

クリームたっぷりのセムラが本当に美味しそうだったので買いたかったのですが、残念ながらそのあとに担当様との打合せがあったのでその時は購入できず……。

思えば担当様に見せるべく購入すれば良かったと、あとから気づいたのでした（笑）。

ということで今回も担当様には、いろいろとご心配をおかけしました。

満身創痍《まんしんそうい》の私を何度も励ましてくださって、どうもありがとうございました！

そして想像以上に素敵なイラストを描いてくださったウエハラ蜂《はち》先生にもお礼致します。

素晴らしいイラストで作品を彩ってくださいまして、どうもありがとうございました。

またこの本を手に取ってくださったあなたに最大の感謝を致します。

少しでも作品世界に浸って頂けましたら幸いです。ではまたお会いできましたら！

沢城利穂《さわきりほ》

Sonya
ソーニャ文庫

この本を読んでのご意見・ご感想をお待ちしております。

◆ あて先 ◆

〒101-0051
東京都千代田区神田神保町2-4-7 久月神田ビル7階
㈱イースト・プレス　ソーニャ文庫編集部
沢城利穂先生／ウエハラ蜂先生

氷《こおり》の略奪者《りゃくだつしゃ》

2015年3月7日　第1刷発行

著　者　沢城利穂《さわきりほ》

イラスト　ウエハラ蜂《はち》

装　丁　imagejack.inc

D T P　松井和彌

編　集　安本千恵子

営　業　雨宮吉雄、明田陽子

発行人　堅田浩二

発行所　株式会社イースト・プレス
〒101-0051
東京都千代田区神田神保町2-4-7 久月神田ビル8階
TEL 03-5213-4700　　FAX 03-5213-4701

印刷所　中央精版印刷株式会社

ISBN 978-4-7816-9549-5
定価はカバーに表示してあります。